水辺にて

on the water/off the water

梨木香歩

筑摩書房

目次

水辺にて

on the water / off the water

風の境界

1

水辺の遊びに、こんなにも心惹かれてしまうのは、これは絶対、アーサー・ランサムのせいだ――長いこと、そう思い続けてきた。ウィンダミア――初めて英国湖水地方最大のその湖の姿を見たとき、彼の小説の主人公の少年たちが――ロジャーや、ジョン、スーザンとティティたちが、「航行して」過ごした夏のことが眼前に生き生きと蘇り、胸が詰まったことを覚えている。けれど、現実のウィンダミアは、ほとんど完全に観光地化されていた。

やがて私は同じ英国の湖水地方でも、もっと北の、もの寂しく標高の高い、バタミア湖に惹かれていったけれど、風が似合うのはやはりウィンダミアだ。青い湖のあちこちで白い帆が翻る、その優雅な大気の動き。windermere ――そう発音するときの、また人がそう発音するのを聞くときの、風が吹き抜けるような喜び（に、対して、バタミア湖、と呟いても、その発音だけではとてもうっとりできない）、風の湖。水上を吹き抜ける風、というのは、一つの結界をつくっているようだ。そして、湖水地方だけでなく、かつてその水辺で過ごした、テムズ川、ケム川、ウーズ川の記憶（けれど、日本にもそれに相当する、風や水の文化のようなものが、確かにあったに違いないのだ。私は、これからそのことについても、記してゆこうと思うけれど）。それからまた、今ここに到底全てを記し得ない、人生の幾つもの伏線に由来する、湖、河川、海を含む水辺に対する憧れが、潜伏して発病するのを待っているウイルスのように深く私の体内に息づいていたから、ふとしたことでカヤックに触れたとき、ああ、もう、これは、相当のエネルギーを注ぐ羽目になる、と覚悟した。

カヤック、という名前には野趣にあふれるエネルギーがある。とりあえず、私が理解している範囲でその「船」の周辺を整理してみよう。

この水面を行くためのツールには、他にもカヌーなどの呼称があるが、大まかに言って、カヌーは主に北米に住む先住民族（その数百を超える種族と共に、カヌーもバラエティに富んでいる）のつくる、木で出来たオープンデッキタイプのもの、カヤックは極北等に住むイヌイットが工夫した、流木や鯨骨で出来たフレームに、アザラシの皮を被せ、デッキはクローズド、コックピットに半身を潜り込ませる、といったタイプを指すことが多い。もちろん世界中に類した乗り物はあるわけで、皆、人の毎日の営みの延長線上の工夫で、ちょっと水面に出てみた、という感じが愛おしい。

現在、とりあえずすぐに手に入るものには、リジッドと呼ばれる、すでに鰹節のように固く形の出来上がったものと、フォールディング、またはファルトボートと呼ばれる組立式のものがあって、後者はもともとのカヤックの鯨骨のフレームを思わせるアルミのパイプや木製の骨材を組み上げ、アザラシの皮ならぬゴムや布製の皮を被せて作る。持ち運びも、力さえあれば比較的簡便に出来る（らしい）。だから、私はこれから、ファルトボートのことをカヤック、と呼ぶけれども、それにはそれほど厳密なこだわりがあるわけではない。

ファルトもごく軽くてリーズナブルなものから、荒海での使用に耐えるような本格的なものまで種類はいろいろだ。私が最初に購入したカヤック、ファルトボートは前者に入るものだ（後で述べるがそれでも私にとっては持ち上げたりするのにぎりぎりのサイズと重さだ）。商品名が、「ボイジャー」という、申し分のない名前だった（昔読んだある作家の文章にボイジャーに関する記述があり、私はそれがとても好きだった）ので、改めてツバメ号、とか、アマゾン号、とかの命名の必要がなかったのも気に入った理由の一つだった。

宇宙船ボイジャーは、未だかつて人の手の入ったものが踏み込んだことのない宇宙空間を航行中。ただ一人、ずっと律儀にリポートし続ける、自分の見たものを。地球が亡くなったって、彼はずっと通信を試みようとする。誰も受取り手のいない場所へ、「正しく」受信する相手のいない場所へと、分かっていても発信し続けざるを得ない、そういう切実さを抱えて。「ボイジャー」は私にとって、ずっとそういう半擬人化された孤独の「記号」だったのだ。

ファルトボートの組み立ては、（特に最初は、フレームを構成する骨の一本一本が、撓《たわ》んだり形づけられたりすることに慣れていないせいもあり、とても固くて）非力な私は時に肩で息をつくほどで、どうしてもうまく行かず途方に暮れることが多かった。一本一本、独立して存在している物を、真っ直ぐにし、撓ませ、繋がりをつけ、全体にひとつの、紡錘形《ぼうすいけい》に近いものにまとめ上げてゆく。ただ黙々とその作業を続けて行くと、いつかは次第に完成に近づく。それを確認してゆくのは充実感があり、出来上がったものは、まるで小さなクジラかイルカの骨格標本のようで惚れ惚れとする。構造的な美しさがある。

　現地で組み上げるとき、誰もいない岸辺で一人で黙って何も考えずに作業しているときの、何とも言えない達成感と充実感。続く進水のための厳《おごそ》かな儀式のようですらある。

　もっとも、曲がりなりにも私が一人で組み上げられるようになったのは、Bカヌーセンターのスタッフの方々の根気強いご指導による。中でもオーナーのK氏が、丁寧にカバーの端を折り上げる手つきを見ていると、（茶道とか弓道とかの）道のつく所作のようで、彼の「カヌーというツール」に対する敬意と愛情が感じられた。私が訪れた時期が、ハイシーズンから外れていて、スタッフの皆さんも時間が取りやすかったせいもあったのだろうが、随分時間をかけていろいろなことを教わった。

　非力な（と、繰り返すのは、別に自慢なわけではは、もちろん、なく、個人の特殊な事情を訴えているわけだが）私の一番の悩みは、漕ぎ疲れて上陸した後、とてもこれから解体までできない、というときのことだった。かと言って一人では到底車の上に載せられない。で、どうしていたかというと、苦肉の策で、力を振り絞ってボイジャーから皮だけ脱がせて骨組みだけにし、大分軽くしたところで少しずつ、だましだまし車の屋根に押し上げる、という中途半端にズボラ（ここまでやったのなら、何で最後まで片付けない？　と不思議がられそうだが、本当に、エネルギーが、ないのだ）なことをしていた。皮は車の中に入れる。骨だけのカヤックを載せて車を走らせると、対向車が私の車の上を訝《いぶか》しげに眺めるのが雰囲気で分かる。

彼らの疑問が、波のように私にぶつかる。

……搬送中の抽象芸術のオブジェかもしれない。

……いやいや、何かの「一部」なのだ、それは分かるが、何の「一部」なのか。

私は彼らの身になって考え、そして答えを準備して、返す波を作る。

……「一部」、それは確か。これは線だけで構成されている、ひとつの、宇宙なのです。そしてそれは、もっと大きな宇宙を構成している一部でもあります。実用的なひとつのツールでもあり、また、もっとも実用的でない優雅なオブジェでもある……。

最初、困り切った挙げ句にこの方法（骨だけにして運搬）が閃《ひらめ》いたときは、とても得意だったのだが、走っている途中で骨がバラバラに空中分解したらどうしよう、と不安でもあり、事前にK氏に相談すると、正しく骨組みできていれば分解しないと思います、特にパイプDFとDRのロックをきちんと決めれば、と言ってもらい、ついでに——以前から私の（繰り返すが）非力を目の当たりにしておられたので——「必要は発明の母ですね」とほめてもらえ、ついに実行する自信がついたのだった。

が、やはり、丸ごと載せられればこんな便利なことはないのだ。私は力をつけるためにジム通いまで考えたのだが、人生は短く、思うような筋肉がつくまでに他のクリアー条件がどんどん増えて行くような気がして、「電動キャリア」が発売されている、と聞いたときは、まさに私のためのもの、と、すぐに購入を決意したのだった（とはいえ、この一連の騒動の中で私の筋力はずいぶんアップした、と自覚している。それはすぐ日常生活に反映されていったから）。

電動キャリアは、まだ発売されて間もなく、そのセンターでも私が最初の購入者だったと思う。だから、キャリア自体が進化の途上にあり（この後、このキャリアは実際更に進化を遂げた）、私の車の屋根に取り付けるのはその形状から不適、と判断されたようだったが、バーを井桁に組むなど、K氏とスタッフのTさんがあれこれ工夫して下さり、時折みぞれの降る寒い午後いっぱいを使って、取り付けて下さった。気の毒にTさんの指は寒さにかじかんで普段通りには動かない。しかも、実際やってみるまでは分からない困難な事態が次々に発生、そのたびに、せっかく締めた四ヶ所のボルトを外し、最初からやり直す、というようなことが延々続いた。

もし私なら、ここまでやってまた振り出しに戻らないといけない、となったら、何とか今までの努力が無駄にならないような方法はないものかと、ぐずぐずと未練たらしくそれまでのやり方に固執し、それでもだめだとついに納得すると、今度は落胆のあまりしばらく動けなくなるに違いないと思う。実際それまでの生活パターンがそうだったから。

感動的なのは、K氏の職人的に誠実な仕事ぶりと、Tさんの、これはだめだと冷静に判断を下す、その切り替えの早さ、瞬時に次の打開策に向けてポジティヴに取り組む、その姿勢だった。状況判断の的確さ、目的を達成するための手順のもって行き方が、いかにもカヌーをやる人らしかった。

夕方になって、ついに電動キャリアは作動し、私たちは一つの仕事を達成した喜びに包まれた(もっとも、私はただ、転がっていったボルトを探しに行ったり、ふんふんと感心して見ていたり、寒くなったら店に入って本を見たり、していただけなのだが)。

――普段、これを外したいときはどうしたらいいでしょう。

と、私はその、新しい装置を見ながら訊いた。天井の低い駐車場とかに入れるときのことを考えて。それから、もともと注目されるのが苦手な自分の性質を考えて。

K氏とTさんは一瞬困ったように顔を見合わせ、

――……外すのは、ちょっと大変かもしれませんね。

そして、幾つかの案を出して下さったが、その後、二階（店舗がある）へ上がる階段の途中で、Tさんは、子どもに覚悟を促すような口調で、

――こうなったらもう（ずっと付けたままにして）、生活全般、カヌーイストでいてください。

と、下に続いていた私に言った。私にはそれが、一瞬、上の方から響いてくる、天啓のように響いて、思わずうなずいてしまったのだった……。

風の境界　2

＊上空五千メートル付近で、氷点下三十六度以下の強い寒気が西日本まで南下しています。このため、東北から東日本、西日本にかけての日本海側を中心に風が強く、降雪が強まっています。日本付近への強い寒気の流れ込みは明日明後日にかけて続く見込みです＊

天気予報でそう宣言された日も、私は水辺に出かけた。ここは四百年以上を経た運河でもあり、水はほとんど静水に近く、他の河川や湖と違い風の影響を受けにくいので初心者でも安心して漕げる。が、さすがに手や顔に当たる風の冷たさがきりきりと鋭さを増してきている。隣接する有名な大きな湖に対して、内湖とも呼ばれる場所も内包しており、周りに大きな建造物がないので、空が本当に広く、雲の流れる様子が手に取るように分かる。葦原の葦たちは寒々と貧弱な肩を寄せ合い、そこから水鳥たちが出たり入ったりを繰り返している。薄い氷が張っている箇所もある。上空五千メートルから、いくつもの空気の層が同じ冷気に貫かれている。

シベリア寒気団。

ロシアの老いた貴婦人たちが、衿の詰まった緞子《どんす》の正装で、馬車を連ねて厳《おごそ》かにも重々しく南に移動する。それの何陣目か。すでに凍《し》み透った彼女らの骨身に、更なる冬は耐えられず、決まって毎年避寒の旅に出るのだ。

温かく迎えてあげたいものだが、尊大な年寄たち相手は正直に言うと準備が大変。道中大慌てで道を譲る諸々の土地の風神たち。

慌てたような小さな、けれど鋭くくっきりした風が頬をかすめる。気まぐれな白い雪びらのようなものが一つだけ降りてくる。手を伸ばし、取ろうとするが、カヤックに乗っているので、大胆な動きが出来ず、取れない。見送りながら、風花だ、と思う。日本海の風花を、一行が道中の慰めに摘んできたのだろう。お目にかなった一番強くて上等の風花を、上空高く引き上げて、若狭街道、抜けさせて。

薄青の空を見上げる。

一刷《ひとは》けの、巻雲、たぶん、あのすぐ下辺り。

長い歴史を持つこの運河は、それ自体が生きもののように手足を伸ばし、何ヶ所か止水域のようなところをつくっている。最古のビオトープの一つかも知れない。さすがに場所によっては過度の富栄養化が見られる場所もある。運河というよりはほとんど沼地のような場所も。それでも最終的には「うみ」と呼ばれる程の大きな湖に通じているので、それほど極端な水位の変化もなく、だから全体に安定した植物相に落ち着いている。葦原だけでなく。

ほとんど流れがないのを良い事に、風がないときはパドルを置いて本を読む。万一他のボートが来ても良いように、少し大きめの「沼地」で。シャラシャラシャラ、と枯れた葦は微かな風にもすぐ反応して音を立てるが、それは静けさを彫り込むような効果を辺りにもたらす。

本当に静かだ。

背もたれにもたれて読書に没頭していると、時折自分の今いる状況を忘れて気がつけばいつのまにか葦の群落の奥に入り込んでしまっている。そうなると、まるでパドルで笹漕ぎをするようにボイジャーの底をゴリゴリ言わせながら抜け出さねばならなくなる。

　そのときもそうやって、ちょっと困った、という状況からふと目を上げると、離れた岸辺の藪に白い羽が見えた。あ、と思う。

　以前、やはりここに来ようとして高速道路を車で走っているとき、前方の道路上に白い塊が見えた。まさかと思うが、ハクチョウのようだった。少なくともニワトリとかではない。ハクチョウが丸くなっているように見えたのだ。隣の車線が空いている事を確認し、慌ててハンドルを切ったのだが一体どういう経路で、あの白い鳥があそこに落ちていたのか全く分からない。輸送中のトラックから落ちたのか、それとも渡りの最中に何かの事故か病気でそこに落ちざるを得なかったのか。しばらくはその疑問で頭がいっぱいだったが、さすがにその後、ここに着いてからはすっかり忘れていたのに、漕ぎ始めてしばらくして対岸にいたガンの群れの中に白い鳥を見た。ハクチョウにしては首が短く、アヒルにしては大きい。何だか、さっきの高速道路に倒れていたハクチョウが甦《よみがえ》って追ってきたかのような変な感じだった（そんなはずはない、ということはどこかでちゃんと承知している。けれど職業柄、陥り易い連想の傾向というものがあるのだ）。そのときはすぐに見えなくなったので確認の仕様がなかったのだが……。

葦原で自分が目立たなくなっている事を幸いに双眼鏡を取り出し、じっくりと見る。おかしい。そんなはずはないんだけれど。でも、もしかしたら……。ハクガン、ではないだろうか。私は少し興奮する。まさか。アヒル？　いや、嘴《くちばし》はピンクだ。本当に真っ白だ。スノーグースというのにふさわしい。

もう読書はそっちのけで眼はハクガン（？）に釘付けだ。泳がずに陸地に上がったままで辺りの根っことかを啄《ついば》んでいる。泳いでくれたらいいのに。

ハクガン（？）は、やがて一緒にいたマガンたちと一緒に、薄ぼんやりと明るい空へ飛び立っていった。夢のようだ。何かの間違い？　どこかから籠抜けしてきたとか。見ていたものが信じられなくて、しばらくぼうっとする。それからやっとおおっぴらにボイジャーを動かす。

宇宙船ボイジャー1号は、今、太陽風（the solar wind）の及ぶぎりぎりの境界の辺りにいるはず。太陽風と言っても、もちろん宇宙は真空なのだから、このような心地よい「風」であるはずもなく、太陽のコロナが沸騰して出てきた荷電粒子のすさまじく熱い「波」なのだが、これの尽きるところが、即ち太陽系の終端である。けれど二〇〇〇年に太陽活動は極大期を迎えており、このときの太陽風の速度というのが、ボイジャーの慣性航行の速度よりも……速かったのだ。今は極小期に向かっているので、太陽風の速度も落ちてはいるが、観測衛星SOHOから送られてきたデータによると、太陽圏は明らかに歪んでおり、その長く伸びた領域に、ボイジャーは未だ留まっているらしい。ボイジャーは追いつけるのか、追いついたのか、もう突破したのか……。

NASAのAPOD（Astronomy Picture of the Day）で、「この宇宙船（ボイジャー）がついに遭遇しつつあるのは変動する境界であり……」というところを読んだとき、私にとって、「境界」というのはとても象徴的な言葉だったので、一瞬息を呑んだ。

変動する境界！

太陽系の「境界」、つまり太陽風が急激に弱まるところを「末端衝撃波面」というのを知ったのも、このボイジャーがらみで得た知識からなのだが、その新しい言葉の響きがあまりにも嬉しくて（自分でも何でそんなに嬉しいのかよく分からない。気に入った言葉が新しく自分のものになるときの、子どもの頃からの習癖なのだ）、「末端衝撃波面、末端衝撃波面」と口ずさむようにして毎日を過ごした。

……ボイジャーは今、末端衝撃波面を突破しようとしている。
ボイジャーの今くぐり抜けつつある状況が、現在の地球上の人類のそれと重なる気がしてしようがない……。

ボイジャーは今、末端衝撃波面を突破しようとしている。
きっとそれは、気の遠くなるぐらいの高速の世界の、あらゆる条件が多様に並び立つところ（何しろ、そこは「境界」のあちら側とこちら側が「混じり合う」ところなのだから！）、そのただ中を、「水の中を動く船」（APODより）のように航海しているということなのだろう。

今日は高層雲が空の半天ほどを覆っている。ぼんやりと透けて見える太陽。いわゆる朧月夜の日中版。その淡い日光のせいだろうか、湖面上の軽やかな波立ちが、薄い金属的な美しさ。小さく背の高い二等辺三角形に切った銀紙と金紙一枚ずつを、少し重ねてペアにして、そのペアが何百、何千と一斉に輝いて見える。キラキラキラキラキラ……キラキラキラキラキラ……。

以前、水面がある場所だけ円を描くように光を反射させているのを見て、「なぜあんなるのか」と訝《いぶか》った私に、そのときカヤックを指導してくれていた人が、――その中に入ると、風が吹いているのが分かりますよ。

ということも教えてくれて、実際そうであったのを体感し、とても感激したのを覚えている。

けれど、この、今日の神々しいまでの光り具合はどうだろう……。

『アイヌ神謡集』の、

「銀の滴降る降るまわりに、金の滴降る降るまわりに」

という一節を思い出す。そのままずっと見ていたいぐらいだけれど、思い切ってその結界のただ中へと入ってゆこう。ボイジャー号、末端衝撃波面を突破します。アーサー・ランサムの小説の、凜々しい主人公たちを真似て、小さくそう呟き、えいっとパドルを動かす。乾いた風にさらさらと日光が溶け込んで、それが全身に降り注ぐのが分かる。これは私のボイジャーの、と、もう一度呟く。――the solar wind.

小さな神々が声を立てて笑っているよう。波と一緒に自分もプリズム化されてゆくような、あるいは無機化されてゆくような、そういう乾いた至福。

ウォーターランド　タフネスについて　1

前方に、何か浮いている。

もともとは白く、その白さの象牙色がかった深みが、藻か何かのエキスで長い時間かけて緑色の釉薬《うわぐすり》をかけた、というような、でもその形は明らかに……見た瞬間、思わず小さく声に出して呟いた。

――おや、あれは骨盤。

なぜ、骨盤がぷかぷか浮いてくるのだろう、風上から、とその可能性をざっと数通り考える。一々は言わない。遠目で見、少しパドルを動かして横に回り、向こう側に回り、ゆっくり近づいて、それから考え込む。物体はまだ骨盤の振りをしているが、たぶん、見間違いで、滅多にゴミを見ないこの辺りではあるけれど、この風の強さ、たぶんどこからか飛来した、偶々《たまたま》そのような形の発泡スチロールかプラスティックバッグ、それが私の視神経を経由して脳内のしかるべき場所に達するまでに自分の物語にしてしまっているのだろう。付き合い切れないことである。

そう思いつつも一応警戒、迂回してその場を去る。途中気になってぐるりとカヤックを反対に向け、もう一度、まじまじ、と見る。

やっぱり、骨盤、と思う。

峻厳な原始の山ではなく、自然がそこから緩やかに、人の生活が営まれる集落の周りまで下りてきたところにある、その生活に寄り添ったような優しい山を、里山と呼ぶ人があったように、私が骨盤（！）と遭遇した水辺にも、風情のある、いかにもそこにふさわしい名前が付いている。ただ、それはとても有名なので、いろいろな事情に鑑みて、ここではその名前では呼ばない。

昔から人と水が折り合って暮らしてきた、限りなく自然に近い運河。

日本の、麗しいウォーターランド。

昔、英国 Essex の農村地帯、何か植える前の、もくもくと黒い広大な畑地に、カモメが舞っていたことがあった。その光景が気になり、そういうことに詳しいであろう知人に会ったとき、何故だろう、と訊いた。Essex は海から遥かに遠く、内陸そのものなのだ。

——肥料に、ニシンとか、魚を撒くことがあるのよ。

その人は屈託なく答えた。

——その匂いを嗅いで、何百キロも?

——うーん。ずっと東の方へ行くと、北海でしょ。その向こうはユトランド半島。ユトランド半島の西部沿岸から、北海の上空、さらにドーヴァーや英国海峡の上空を通って、ビスケー湾に渡るカモメたちがいる。その途中だったんじゃないかしら。

さらに彼女は、ヨーロッパ大陸やアフリカ大陸の半島や湾の名前をいくつも挙げ、カモメたちがいかに自由に大気の中を旅しているかを語った。

私はその頃、初めての英国、着いて間もなくで、まだまともに彼の地の海を見つめたことがなかった。それで、その、北海、という言葉にすっかり惹きつけられた。真っ直ぐ東に行ったら、北海! そうだった! 私はすぐに次の週末の予定を組んだ。Ely までバスで移動する。そこで一泊し、町を探索。それからまた、そこのバスターミナルから、一番海に近い場所まで移動する。二日がかりになるだろうが、英国ではどんな田舎町にでもB&Bがあるし、なんとかなるだろう。もしくは列車で終着駅のKing's Lynnまで行って……。

この間の経過を書くことを端折るが（手間を惜しんでいるわけではない。一旦書き始めると自分が夢中になって延々書き綴り出すことを怖れているのだ）、私はともかくも目的を達し、初めて見た北海は灰色に近い、かさかさと乾いた皮膚を持つ、遠い目をした異国の老人のようであった（これはこのとき偶々。それから何度も北海を見たが、若者や少年のようなときもあった）。私はその風情が好きだった。チドリやウの仲間が多く、カモメの数は思ったより少なかったが、私は何より、北海に至る途中、「その辺り一帯」の、不思議に辺境の感じをたたえた土地柄に惹かれた。地図上では、躍るような大きな斜体で、Fensと――まるで「未踏査」と印を押すように――書かれている、イングランド東部のでっぱりの部分だ。フェンズ――沼沢地。その不思議な気配が、どうにも言語化できなくて、私はしつこくその土地に通った。分からないことがあると、出来るだけ理解したいという思いに取り憑かれる性癖は、どうやら私の一生を通じて共通しているものらしい。

カレッジで週末のエクスカーションが企画され、東部に向かうミニバスが仕立てられるときは、運転手に頼んで手頃な町まで便乗させて貰った。決して観光地になり得ない土地。低い天井に描かれたフレスコ画のように空が広がるその沼沢地を、川と海と土地が不思議に混ざり合っているようなその感じを、風が土地と無関係に自分の意志で方向を決めて吹きすさんでいるような、そんな無法な感じを、何と言って表したらいいものか、私は自分の手持ちの言葉の中に見つけられず、軽い焦燥のようなものを感じ続けていた。

それがとうとう明らかになったのが、グレアム・スウィフトの『ウォーターランド』を読んだときだ（ずいぶん長い年月が、その間経ったものだ！）。

この大部の小説は、まったく「フェンズそのもの」について書かれていた。しょっちゅうバスの時刻表や天気予報や友人知人の間で飛び交っていた、ローカルそのものの、懐かしい地名が、次から次へと出てきて、それだけでも胸がいっぱいになる。オブザーバー紙の書評。

――「世界でもっとも『無』に近い風景」の奇妙さと、その計りがたい作用とが鮮やかに描かれている――

なんと簡潔にして的確な形容だろう。

この小説を読了した後、私は長い間の焦燥からようやく解放され、初めてフェンズの本質を理解した感覚を得た。科学読み物ではない。けれど、土台のしっかりした小説が全てそうであるように、フェンズについての歴史的（この小説の場合は同時に地質学的な）考察も十分入っている。その土地に棲む生命についての、昔からここに住み慣わしてきた語り手の一族の物語でもある。近親相姦の結果生まれた長男の生と死が、このフェンズの水に纏わり、それが何と似つかわしく悲しく――半分は人間、半分は魚、のような「ひんやりとして、泥みたいな、しかし痛切で、郷愁をかきたてる」匂いを、撒き散らしていることか。

「フェンズについて第一に重要な事実は、それが干拓地、つまりかつては水の広がっていた土地、そしていまでも固まりきってはいない土地だということなのである―略―フェンズをつくったのは沈泥である―略―それは陸地を形づくり、また崩す。築きつつ、壊す。堆積と浸食の同時進行。発展でもなければ衰退でもない―略―フェンズの問題は昔も今も、つねに排水の問題である―略―そもそも干拓は望ましいことなのであろうか。水で暮らしを立てる人間たち、自分の足もとに大地を必要としない人間たちにとっては違う。漁師、鳥を捕る者、アシを刈る者のように、厄介な湿原の中に濡れそぼった家を構え、水が出れば竹馬を使い、水生ネズミみたいな生活をしていた人間たち。中世に堤防を壊し、そして捕えられた場合には、自分が損壊したまさにその場所に生埋めにされた人間たち。国王チャールズによってオランダから呼ばれてきた排水工事人たちの喉笛をかき切り、水を除くために雇われたこの人たちの死体を、その水の中に放りこんだ人間たち。彼らにとっては違ったのである。」

そういう「彼ら」とは語り手の祖先のことなのだが、「彼ら」はやがて、水の人であることを止め、「土の人」となる。フェンズは今も縮みつつあり、沈みつつある。何千エーカーもの農地が冠水した。そういうことが繰り返されるうちに、「彼ら」は地上の水路の工事人となった。

「ひょっとすると彼らは、水の人であることをやめはしなかったのかもしれない。両生類になっただけなのかもしれない。なぜなら、土地の排水をすれば、水と深くかかわることになるからである。水の性質を知らねばならないからである。彼らは、土地を守る仕事に精を出しながらも、胸の奥底ではつねに、太古の、有史以前の、水に覆われた風景こそが、自分たち本来の居場所であると心得ていたのかもしれない。」

「水を征服しようと努力するときは、いつの日にか水が立ちあがるかもしれず、それによってそれまでの努力の一切が無に帰すかもしれないという覚悟が必要である。というのも、子供たちよ、万物を平坦にならそうとする性質をもち、それ自身は味も色ももたない水という物質は、液体状の〈無〉にほかならないではないか。そしてまた、平坦であるという属性において水とよく似たフェンズの風景は、世の中にある風景の中で、もっとも〈無〉に近いものにほかならないではないか。フェンズの人間なら誰でもそれを、心中ひそかに認めている。フェンズの人間なら誰でも、歩いている自分の足もとの土地がそこにないような、土地がふわふわ漂っているような……時折そんな錯覚に襲われる。」

私はなぜ憑かれるようにしてフェンズに通ったのか。そこには書かれるべき「物語」があったのだ。紡がれるべき言葉が、泥の中に水棲の生物のように埋まっていたのだ。土地全体が、物語を渇望していた。その信号が母鳥を呼ぶ雛の声のように、発せられていて、私はそれをキャッチしただけだった。が、それをきちんとした形にしてあげるのは、当時私の力を遥かに超えた仕事だった。私「向き」ですらなかった。焦燥と不全感だけが残った。私はただ、その信号から解放されたかった。この大変な仕事を、自分以外の誰かがやってくれるのなら、結局、こんな喜ばしいことはなかったのだった。

――考える、ということ、それを文章化する、ということは、本当に真剣勝負の、その考える対象と「身を交《か》わす」ぐらいの真剣勝負なのですね。

というのは、親しく話すある編集者の謂いだが、果たして私は、あのフェンズの運河群を、カヤックで行けただろうか。そういう「身を交わす」レベルの深い考察を、フェンズに出来ただろうか。どっちに流れているのか分からないような、これ以上ないくらいの静水だった。それでも私は怯《ひる》んだだろう。私にはフェンズと「身を交わす」ことはできない。そこまでのタフネスは、当時の私にはなかった。澱みに耐えられるタフネスを、私はかつて本当に身につけたいと思った。もしそれがあったら、せめて世界をもう少し、理解することが出来るのではないかと。そう願ったこともあった。

更にこの物語は、私がカヤックで水面に浮かぶときに感じる、豊饒な自然と正反対の面についても、改めて想起させる。それは、ずっと底辺にある感覚だった。それがあるからこそ、私は水辺に引き寄せられ、そしてその魅力に奥行きを感じて止まないのだ。

そう、水辺は、限りない「無」を感じさせる。

ウォーターランドは、どこの国のそれであろうと、豊饒でありつつ、かつ、静かで穏やかな「死」すら、喚起する。

うららかな湖面を漕いでいるときも、「絶対安全」の運河を漕いでいるときも、それこそ、絶対安全のすぐ下に、剃刀、を想起するように、ピンと張った一筋のロープのような緊張感がある。それが、水辺の遊びの通奏低音のように、最初から終いまで付いて回る。そのロープは、生の豊かさ、喜びと、死の昏さ、静けさ、安定で縒り合わされている。

だから、この日本の美しいウォーターランドに、私が骨盤を見つけたとしても、それはそれほど不思議なことではないのだ。

ウォーターランド　タフネスについて　2

ウィンダミアから北上して、スコットランドに入ったところ、ロッホ・ローモンドの辺りは人間の地図上の区分とは別に、まだまだ湖沼地帯の続き、北のウォーターランドの外れ、といった観がある。

学生時代にその湖が見たくて、列車を下りたらプラットフォームがそのまま、山羊がまばらにこちらを眺める荒れ地、雲が目の前を流れて行くような辺境の地、といった駅（?）に一人で降り立った。

そこからまっすぐに伸びている一本道を行くと、B&Bの小さな看板。他に宿など見つかりそうもなかったのですぐにドアの前に立ち、その場でチェックインした。体の弱そうな老人と、頼りなさそうな孫息子がいた。ロッホ・ローモンドはこっち?

と訊ねると、急に生き生きとうなずき、ドアの外に出て、次第に下ってゆく道の向こう、ぽっかりと空いた空間の方を指さした。もう夕暮れが迫っていた。それで、荷物を部屋におくとすぐ、私はその方角へ歩いていった。

岸辺は、昔の英国の風景画家の描きそうな、大きなオークの木が湖面に覆い被さるようにして影をつくる、うるわしの Bonnie Bank そのものだった。湖の波が近くの小さな崖を優しく洗っていた（今、この描写をするために、その情景を脳裏に思い出し、描きながら、どこかカヤックが出せる場所がなかったか、精査しようとしている自分に気づき、苦笑している）、その崖の上には、地方の古くて格式のある、石造りのマナーハウスが建っていた。湖側に大きくとられたフランス窓を通して、温かく柔らかな光が漏れてきていた。夜会のようで、ドレスやタキシードに身を包んだ人々が談笑していた。夕暮れがどんどん闇の部分を多くしていって、その窓の中の世界をステンドグラスのように浮かび上がらせていた。なんと、妖精じみた光景だっただろう。その岸辺に至るまでの道の途中で、そのマナーハウスがホテルとして開業していることに私は気づいていた。いつか、お金に余裕が出来たとき、あの窓の内側の人になりたい、と私は願った。基本的にパーティの苦手な性質なのに。その後、もっと大きなホテルのパーティ等に出入りすることもあったし、長いドレスを着ることもあったけれど、そういうことが、私があのとき抱いた、鄙《ひな》びた田舎の、こぢんまりしたホテルへの憧憬を満たすことはなかった。湖畔に佇む古い館。その手のもっと洗練されたものもいくらでも、例えばイタリアとかにもあった。いかにも絵になって、カレンダー的で、つまり、外界に向けて存在していた。けれど、あの、まるで人間離れしていると言えるような田舎の、ほとんど宇宙的に隔絶したような田舎の、あの不思議なおとぎ話に遭遇したような感覚は、ずっと私だけのものとして、身の裡《うち》に留まったままだった。

それからスコットランドへ行く機会も何回かあったが、ロッホ・ローモンドの辺りはなかなかスケジュールにとり込みにくく、そのままで長い長い年月が経った。もっとも、その間、何度もあの村のことを思い出しては、それの明確な位置と名前を確認しようと試みるのだが、私の古いスクラップブックに書かれたその村の名前だけでは、心許ない取り組みだった。スコットランドには同じ名前の村が幾つかあり、しかもその名前が一部に入る村もまた多かったのだ。それでも、たぶん、これだろう、という最有力候補の村に見当を付け、私は数年前、車でグラスゴーに入り、そこからロッホ・ローモンドに向かった。そのホテルが見つかるかどうか分からなかったから、予約は入れなかった。私の旅のスタイルも、鉄道を乗り継いだ昔とはだいぶ変わってい て、レンタカーを使い、その日のノルマを決めず過ごした後、車でそこからたどり着 けそうな町を見繕い、手持ちのホテルリストでその日空室のある宿泊施設に連絡し、 夕食までにチェックインする、というものになっていた。田舎の村のマナーハウスな ら、都会のホテルに泊まることの出費に比べたら、連泊してゆっくり滞在することも 不可能ではなかった。あのホテルが見つかったら！ そしてその「内側の人」になる ことがかなったら！

旅行中の車の中では、その地方の民謡のCDやカセット（これが旅先でする最初の 買い物になる。地元なら、品揃えが充実している）をかけ続けることにしている。そ うすると、帰国してから、それを聴いただけで空気感や細々《こまごま》とした思い出が甦《よみがえ》ってく るから。だから、そのときかけていたのはもちろん、「ロッホ・ローモンド」が入っ ているスコットランド民謡。

湖岸沿いの国道を走り、その村とおぼしき場所に着いたとき、私は急に自信がなく なった。確かに駅の位置はここだろうけれど、あの、ほとんど荒れ地に着いたような 荒涼とした感じはどこにもなく、賑やかと言うほどではなかったが、建物も多く、道 も舗装され殺風景なりに広く、湖岸近くの駐車場（こんなものがあるとは！ でも、助かったのだが）に車を駐め、湖岸を歩いても、観光ボートの発着所らしい桟橋があり、しかもホテルが、あるにはあるのだが、湖岸からずっと道路の方に下がっていて、私の記憶とまるで違う。しかも、そのホテルにミステリアスなところなど微塵《みじん》もなかった。なんというか、いわば、フレンドリーに世俗的、なのだった。

……まさか！　ここなのだろうか、本当に？

数十年が経つのだから、村が変貌を遂げたとしてもおかしくないし、もしかしたら観光の目玉をつくるために、湖岸を埋め立てて桟橋をつくったのかもしれない。私が、全く勘違いして（あり得ないとは思うけれど、例えば別の湖をそれと思いこんでいたりして）いるだけで、その村はどこかに今も存在しているのかもしれない。真偽のほどは今もって分からない。

私は岸辺で、うら寂しいベン・ロードンと、ロッホ・ローモンドを代わる代わる見つめた。その昔見つめたはずのベン・ローモンドがこういう形だったかどうかはもう思い出せない。泊まったB&Bも跡形もない。まるで全てが湖に飲み込まれてしまったかのようだった。水辺は不気味で怖ろしく、そして魅惑的だ。記憶の土地を飲み込むぐらい、ごく当たり前のようにも思えた。

私はその日、そこに泊まることを止め、更に北へ向かった。そこからはますます荒涼とした光景が広がる。嘆きの谷、グレン・コー。カセットは繰り返しロッホ・ローモンドを歌った。

私は何をしたかったのか。自分を駆り立てるモチベーションは、私の場合、思い出に由来する情緒的なものが多い。きっと、あのパーティに出たかったのだろう。それが証拠に諦めきれず、ある自著の最後の章に、私の心で出来上がっていた湖のパーティを出現させている。執念深いことである。

荒涼としながらもどこか切ないほど懐かしさを感じる、グレン・コーのあちこちに、その堅い大地を穿《うが》つようにして、浅く冷たく、激しい流れがある。一六九二年。二月十三日、この地で、同じハイランド人の兵士による、老若男女を問わない大虐殺があった。谷間は血で染まった。それから三百年余りが経った、この渓流の、厳しくも透徹した流れはどうだろう。フェンズのそれとは同じ分子のものとは思えないほど。だがそうなのだ。

水の不思議さは、この上なく透明で清冽《せいれつ》でありうるとともに、とんでもなく濁む可能性も併せ持っているということだ。そしてその両極の世界観を一瞬にして反転させるような「無」すら。タフ、なのだろう、結局。

ロッホ・ローモンドについては、実はまだ思い出がある。そこへ初めて行った、その数日前、私はインヴァネスにいた。丘の上にある、ライトアップされた夜のネス城の前庭に上がっていったとき、偶然日本人の青年がいた。話をして、彼が地質学を専攻する学生であること、同じ歳であること、偶然二人とも、その国の古い民謡とかが好きなことが分かった。彼が楽しそうに、

――ロッホ・ローモンドの近くのユースホステルで、シャワーを浴びながら「ロッホ・ローモンド」を歌っていたら、隣でシャワーを浴びていた小父さんが、一緒に歌い出して、二人すっかり意気投合して、近くにあったその小父さんの家に呼ばれて

……

と話していたのを羨ましく聞いたことを覚えている。私はそのインヴァネスから鉄道で西へ回り、鉄道が切れているところはバスで繋ぎつつ、海を見ながら西海岸を南下してロッホ・ローモンドを目指す予定だった。彼はロッホ・ローモンドから、東へ回り、北上してインヴァネスに入るという、私とは全く逆の方向を取って、そこへ到着していたのだった。まるで「ロッホ・ローモンド」の歌詞にある、「ye'll tak' (take) the high road and I'll tak' (take) the low road...」そのままだね、と微笑んだ。それ

から数年間連絡を取り合っていたが、最近になって、テレビで、彼が異国のある湖を専門とする地質学者として出演しているのを見、懐かしく思った。数十年を経てなお、自身の研究に変わらぬ情熱を持ち続けていた。純粋な青年らしさはまるで変わっていなかった。

ユースホステルを渡り歩くという、若者らしい闊達《かったつ》と逞《たくま》しさは私の今でも憧れるものので、当時も、私はほとんど自分自身に懇願するようにして、それが出来ないものか（経済的にも本当に助かるのだ）何度も考えた。けれど、私の中の芯の部分で何かが悲しく首を振る。

一人の時空間がないとだめだ。どんなに狭く貧弱な部屋でも、個室でなければならなかった。お金がなくても、新しい土地ではとにかく安くて居心地の良さそうなB&Bを探した。ある意味では、脆弱な精神である。

私は私が自分に望むようなタフネスは、ついに身につけられなかった。

発信、受信。この藪を抜けて

昨年、この本の企画について担当のKさんと話しているとき、発信を続ける宇宙船ボイジャー号のことが話題になり、それから、その日の朝刊の一面に載った、役目を終えた後の人工衛星、ロケット等、宇宙の塵（スペースデブリ）の写真のことに話題が移った。

——本当にあのデブリの多さときたら、ぞっとします。

——これらの多くが、中途半端にまだ発信を試みているのだとしたら。

——凄い量の発信信号が空中を彷徨《さまよ》っていることになりますね。

——受信される当てもなく。もしかしたら、とんでもないところで、キャッチしている人がいるかも知れない。

——それと気づかず。
——そう、それと気づかず。

海洋学のメアリー・アン・ダール博士の研究チームが、専門誌『ディープ・シー・リサーチ』に昨年発表したところによると、米海軍の対潜水艦用音響監視システムで、十六年ほど前から、変わった周波数のクジラの声が計測され続けている。それは今まで確認されているどの種のクジラのものでもないらしい。声は明らかに一頭で、そのコーリングに応える仲間の声はない。声質はヒゲクジラに似ているが、ヒゲクジラの周波数は十〜十五Hzで、このクジラのそれは五十二Hz。新種らしい。

北太平洋の海を回遊しながら、誰かに受信されることを願って、ひたすら発信し続ける孤独なクジラ（だが、実際のところ「誰かに受信されることを願って」というのは脚色がすぎるかもしれない。クジラがそれを欲しているかどうかは誰にも分からないのだから。だが、仲間を求めているのはまず間違いがないだろう。クジラというものはドメスティックで——ああ、これも確かではない。偏屈なものだっているだろうから。けれど……）。

ともかく、このニュースには、ひどく訴えるものがあった。年々老いてゆき、声も弱々しくなってゆくクジラ。この種族の最後の一頭なのか、それとも……。

ちょうど連載の第一稿を編集部へ送り、それから一人で近くの雪の降るS湖に漕ぎに行った日のことだった。帰宅すると郵便が届いていた。出版社から回送されてきたひとまとまりの中に、ポストカードが二枚、丁寧に封筒に入れられて入っていた。そのポストカードの写真を、思わず見つめ直した。一枚目の写真はたぶんアラスカの湖、カヤックが一艇浮かんでいる。私のカヤックと全く同じ色（大きさと形は違う。写真に写っているものは、いわゆる、「長期のツーリングに耐える」、大荷物を運ぶための、けれどやはりフォールディングタイプ）、係留されていて、固定されたパドルが片方、湖面に入っている。人はいない。たぶんこの艇の持ち主はこの写真を撮っている当人。そしてきっとそれは、と確かめるとやはり、アラスカの写真で有名な、亡くなった写真家のものだった。そうだった、彼はカヤックを本当に必要な実用の「ツール」として使っていた人だったのだ、と現在が時空を超えて、過去から照射されてくる思い。湖の風景は違うけれど、湖畔で主を待つ空のカヤックの風情が、その日私が過ごした午後の一刻と酷似していた。もう一枚は、私が昨夏、サハリンで撮ってきたフレップの写真を、そのまま冬の霜に打たせたような、これも同じ写真家の手によるもの。そうだ、あのときサハリンで掬い上げた思いを、結晶のようにこれから透徹させる作業に入らなければならない、まさにそういう時期に入っていた、と、心がその仕事の方へ引きずり込まれる。

そのポストカードに書かれた肝心の文章自体は、私の過去の作品使用に関する、短いがとても感じのいい礼状のようなものだったが、添えられていた異国の歌の詩が、どういうわけか、このとき私が巻き込まれていた状況を俯瞰するようなものだった。それまで会ったことも話したこともないその送り主は、こちらの事情などご存じのはずもないのに、それらは本当にタイムリーに、まるでいくつもの偶然を利用し、届いた、「何か」からの「信号」のように、そのときの私の内側と奇妙にも深く響き合った。

本当に、大気には無数に信号が飛び交っているのだろう。その信号は、彷徨っているうちに、当初の意図を遠く離れた何かに変貌しているかも知れない。そしてまた、そのどれを受信するかは、おそらく個人の不随意筋のようなキャッチ能力に拠るのだろう。けれどその能力は、受信した瞬間に、それを自分の物語としてしまうような、油断も隙もない、信用のならない悲しい能力かも知れない。

そのカヤックの絵はがきの話の続き。

その写真家のカヤックにまつわる話の中に、私には印象に残る部分があった。

「……もしお金さえあれば、ドイツ製のクレッパーが欲しかった。世界最高のカヤックである。もともとは海軍の実戦用に考案されたものだが、強度、耐久性はぼくのカヤックとは比較にならない。組み立てるさいの、細かい接続部分がじつに良くできている。値段約四十万円。フェアバンクスにある山の店先にいつも飾ってあった。喉から手が出るほど欲しかった。この店に行くたびにカヤックに触り、値段を見てはため息をつく。ぼくはそれほど物欲はない方だと思うのだけれど、このカヤックだけは例外だった。さしずめ、子どもがおもちゃ屋の店先で指をくわえながらウィンドーを眺めているようなものだ。」

——星野道夫『アラスカ　光と風』

カヤックを始めてから、改めてそれに続く部分を読むと、彼が初めてカヤックに乗ったのが氷河の海であること、（熟慮の末）ウェットスーツすら着ず、それから一ヶ月半の旅に出たこと、繋いでいたはずのカヤックが氷の海に流れて行き、夢中で（泳いで！）それを取りに行ったこと（彼は氷の海に落ちることの危険性を熟知していた。他に交通手段など全くなく、他人が通りかかる可能性がゼロで、しかも食糧その他は全てそれに積んであるのだから、極北の地でそのままでは必ず死ぬ、どっちの死の方が可能性として低いかという選択肢の中で彼が下した決断だったのだ）、等々、その体力と精神力について、いろんなことを考えてしまう。

それにしても、クレッパーのカヤック、そこまで「欲しい」ものがあるなんて、と、それだけでも胸打たれる思いだった。が、その本に付いている写真――若い彼がそのとき手に入れたアメリカ製のカヤック――と、絵はがきにあったカヤックは、明らかに違う。絵はがきにある方が後年手に入れたものなのだろう。

もしかして、と思い、Bカヌーセンターに行った折り、K氏にその写真を見せ、どういう種類のカヤックなのでしょう、と訊いてみた。彼はすぐに、

――ドイツ製のクレッパーですね。あれはいいものです。最近はチェコ製のまがい物がありますから、これだけではよく分かりませんが……。

と教えてくれ、私は、ああ、とにかく彼は、それを「手に入れた」のだと、心から嬉しく、それから少し悲しく、そしてそれらが次第に混ざって遠くまで漂ってゆくような、そんな心持ちのまま、その日の残りを過ごした。

アラスカ湾、ベーリング海、オホーツク海……。
クジラのことを考えている。
彼の回遊する北太平洋の海を。

ロッホ・ローモンドに初めて行ったその昔の同じ旅、一週間ほど遡った頃、アバディーンから、インヴァネスに向かう途中、列車がマレー湾に近づき、ほとんど真西を向いた瞬間、生涯忘れられないような美しい落陽を見た。それが忘れられないのは、私がそのとき、ひどく心細かったこともあるだろう。まだ、インヴァネスでのその夜の宿が決まっていなかったのに日没が始まってしまった。夕日は最後の赤を落とし、どんどん暗くなってゆく。インヴァネス行き、とだけ確かめて、迂闊にも何時に着くのかすら確かめなかった。この分ではインヴァネスに着く頃はすっかり夜になっているだろう。そしてもう、ツーリストインフォメーションも開いていない。変な旅程を組んでしまった。けれど、この落陽は何と壮絶なまでに美しいことか。私は憑かれたように見入った。

私が感じていたのが、メイ・サートンの言う、「骨に突き刺さるような孤独」ではなかったにしろ、そこにあったのはまちがいなく「一人」の感覚だった。夜のインヴァネスの町に、酔っぱらいが多くなければいいけれど。私は少し不安で、けれど、何があっても乗り越えていけると思えるような、若い覇気があった。単に無謀だったのかも知れない。宿も決めていない町に深夜に着く、という経験はそれが初めてではなかったから。当時が、今からすると考えられないほど治安も良く、牧歌的だったにしろ、いい加減な旅程で深くも考えずそのまま行動するというのは、今にしてみれば自分の運の良さを、意識しないまでもどこかで勘定に入れていたのだろう。無知と無謀と傲慢に裏打ちされた覇気など、ほめられたものではないが……(混乱のイラクの地で、その旅と人生の最期を迎えることになった若い日本人の男の子のことを、今思い出す。私が同じ事をするかどうかは別にせよ、私の行動の延長線上に彼の行動はある。彼が非難される場面があれば、私はいつでも彼の側にあって共にそれを受けなければ、と思っていた。彼を非難する前にそもそももっと非難すべきことがあるだろう、とも。が、これはまた別の話だ)。

駅に降りた人々は、あっという間に出迎えの車に乗ったり、そそくさと足早に立ち去ったりして、構内はすぐに、少しの物音でも響き渡るぐらいに閑散とした。窓口にもカーテンが閉まっている。私は冷気の混じり始めた歩道に出、手持ちの地図を街灯で照らしながら、なんとかネス川に出ることが出来、そこから川沿いに並ぶB&Bの呼び鈴を一軒ずつ鳴らしていった。ネス川は暗く、けれど流れが速いのは夜目にも分かった。断られて次のB&Bに歩を移すたび、底知れない暗い流れに目を遣り、ずいぶん遠いところまで来た、とぼんやり思った。

何軒目かで、奇跡的に、

——ちょうど、キャンセルが出たの。ファミリータイプのお部屋なんだけど、いいかしら。

どんなにほっとしたことか。そのときの背の高いオーナー夫人の、ショートカットの金髪、大きな瞳、優しい微笑み、背後からの暖かな室内の照明の光、そういうものが今も眼前に蘇る。

部屋は広く美しく、ネス川を見下ろす位置にあり、翌朝のスコティッシュ・ブレックファーストは、豊かでしみじみ堪能できるものだった（私の前にインヴァネスを訪れていた友人が、あの町のベーコンはおいしかった、というのを聞いていたので、なるほどと思った。それからもインヴァネスを訪れることがあったが、これに関して失望したことがない）。

ネス湖を訪れるときはたいてい天気が悪く、そのためか、湖はいかにも不気味でものものしく、怪獣の一匹や二匹、出てきても何の不思議もないような雰囲気だ。ハイランドはほとんどの場合、そんな天候なのだろう（だが、つい最近行ったときは陽気な夏の日で、まさかこんなネス湖が見られようとは、と思うほど、浮かれた明るい雰囲気で、改めてその「神秘」にしみじみと感じ入った）。

その翌日訪れたネス湖もそうだった。おどろおどろしい、とすら言っていいような、空と湖面。雲は灰色のグラデーションで幾重にも重なり、湖面はその雲の映しとおそらくは水中の藻か何かの蠢きで、じっと見つめていると、今にも何かが出てくるに違いない気にさせられた。しかし、「何かが出てくる」のは本当に「湖面」からだったのか。

信号を発信したのは「湖面」で、受信したのは「私」だったのか。

どうも、違うような気がする。おどろおどろしさを発信したのは、「私」の側ではなかったか。それを受信した湖面を見て、私はおののくような思いを抱いたのではないか。そう考え出すと、だんだん、発信も受信も、よく分からなくなる。やがて相互のリフレクションだけがぼんやり浮かび上がってくるような気すらしてくる。

日本のB湖。タチヤナギの類が、岸辺の境に、湖側に入り込むようにして生い茂っている。それはマングローヴの林のようでもあり、スコットランドの渓谷をも思い出させる。パドルをゆっくり捌《さば》いて、つい、入ってしまう。入ってしまうと、面倒なことになるのだが、今までも何とか出てこられたし、今度も何とかなるだろう、と、つい暗くてニュアンスのありそうなところへ罠にかかりに行くように向かってしまう。するとと案の定、途中でロックがかかったように動かなくなる。動かそうとすると、ズリッといやな感触。ああ、これはと振り向くと、やっぱり落ちかけた枝に後部がひっかかっている。舳先を大丈夫そうな幹の側に寄せ、降りてきている素性の正しい枝に片手でつかまり、もう一方の手でパドルを伸ばし、後ろを振り向いて外そうとする——が、なかなか外れない。永久にこのままだろうか、と途中で嫌な考えが頭を掠める。ちょっと休んで、気を取り直し、初めてトライするような勢いで思い切ってカヤックごと動かして、何とか外す。大きくため息をつき、しばらく休む。ああ、良かった。もう、当分ここには近寄るまい、と自分に言い聞かせる。暗いところに気を惹かれるのは昔からの癖だ。ネス湖の湖面に思わず魅入られてしまうのも。リフレクション、ともう一度考える。

北太平洋の様々な海域を回遊しつつ、クジラは発信ばかりではなく、私の思いも及ばないような「受信」「返信」を楽しんでいるのかもしれない。例えば、もっと深海から。例えば、宇宙から。そして自身の内なる世界から。バラエティ溢れる地形からのエコーだけでも味わい深いものかも知れない。あるいは宇宙ゴミ・デブリから漏れ出る何かの信号のように、私たちが気づかないだけで世界に無数に充満する信号を紡ぎ合わせながら、壮大な歌を歌っているのかも知れない。

宇宙のあらゆる場所で、人を含むあらゆる生物（もしくは鉱物、浮遊物とかも）が、それぞれの孤独を抱え、確実な受信の当てもなく、発信を続けている。そして何もそれは、悲壮感漂うことではない。

そう考えると、さあっと風が通ってゆくようだ。

北極圏で何ヶ月も孤独な生活を営むことが日常的だった、あの写真家から受ける印象も、本来そういうものではなかったか。明るく、豊饒な孤独。

今はこの考えの方向性を気に入っている。

豊かな孤独。そちらの方から、少し明るい、軽やかな空気が流れてくるような気がして。メランコリーは私をろくな場所に導かない。

この藪を抜けて、舳先を、明るい方へ向けよう。

常若の国　1

　愚かな体験を書くのは気が重いけれども、それが誰かの役に立つことかも知れないし、なんとなく書いておくべき、という気がするので、この稿はそこから始めよう。

　早春のその頃、連日荒れ模様の日々が続き、地域の時系列天気予報で、その日その地方はその数時間だけ、雨が降らないことを確認し（けれどそもそも、そんなきわどい条件が成り立つ、ということ自体、天候の不安定さを意味していたわけだ）、私は大急ぎでカヤックを積んでS湖に出かけた。翌日からは数週間、また流浪の日々が続くことになっていたので、カヤックをやる機会は当分来ない、という焦りもあった。

　S湖はダム湖である。ダムというものの成り立ちそのものに対する不信感から、本物の湖と違う、湖もどき、のようなものだとどこかで軽視していた。実際、岸辺の自然には、水辺としての歴史の浅さが垣間見え、それが不自然で、つくりものめいて、私がS湖に行く理由としては、ただ自宅から近く、ひと気がなく、ぼんやりものが考えられる、というようなものだったのだ。少し、エネルギーがあるときは、B湖まで行く。仕事場のあるB湖に寄り添うようにしてある、小さな内湖やその周辺の、菌糸のように伸びた水路では、いくらB湖が強風で荒れていても、不思議とせいぜい僅かにさざ波が立つ程度で、水面自体が風の影響を受ける、といったことはほとんどなかった。それで、天気予報で風の強度の方に注意を払うことがおざなりになっていた。S湖はそれほど幅のないダム湖で、しかも今まで荒れているのを見たことがなかったので、つい、内湖やその周辺と、同じ類のもの、という感覚を持っていたのが甘かったのだ。雨の予報だけを意識して、風強し、という文字など、目に入ってもすっかり問題外になっていた。

まだ春浅いダム湖の岸辺には、馬酔木《あせび》がその白い鈴蘭のような花をほころばせ始めていた。

……大体、こんな岸辺に馬酔木が生えるわけがないのだ、普通の「自然」なら。

何に対してということなく(強いて言うならダム計画を立てた人々に対してだろう

か)、私は少し腹を立てながら、沢や水辺にありそうな植生では全くない、この無理のある自然をいったいどう呼べばいいのだろう、とぼんやり考えつつパドルを動かしていた。とはいいつつも、目は普段なかなか間近に見ることの出来ない木々の樹冠の芽吹きなどに吸い付けられている。

……なんだかんだといっても、ここがダム湖になって初めて、こんなに親しくお目にかかることが出来たわけです、と、こっそり(普通ならそびえ立つ)朴《ほお》の木にお辞儀をする。

冬場ほどではないが、水鳥もまだ、だいぶ残っていて、ダイサギやアオサギなど、大きな鳥の優雅な離水や滑空、着水に見とれる。ウグイスが鳴いている。まだへたくそ。ケキョケキョ、と谷渡りのところでつっかえている。

今年は少し、春の気配が重い。春は毎年こうだっただろうか。生命が動き出そうとするエネルギーはきっと、尨大なもので、それを受けきれるのはやはり、受け手の側にある程度の健康なエネルギーが充溢しているときなのだろう。

いつもよりもだいぶ奥の方へ入ったのは、やはり、しばらくもう漕ぐことが出来ない、という意識があったため。この地方の天気予報の精度は高い。あと数時間程で雨が降り出すのはほぼ確実。そろそろ帰ろうと、向きを変えてしばらくすると、突然、風が吹き始め、あっという間にそれは耳元でゴーゴーと唸りを立てるほどになった。まさか、と半信半疑でいる私の目前で、白い波頭が立ち始め、おお、とそのドラスティックな展開にあっけにとられつつ、必死でパドルを漕ぐのだけれど、なかなか前に進まない。

それでもようやく橋桁の所まで漕ぎついて（本当はここからが大変。湖の幅が急に広くなるので。けれどまあ、何とか帰途のスタートラインに立った、という感じだろうか）、呆然とする。そのどっしりと存在感のある大きなコンクリートの二つの橋脚のそれぞれが、渦を巻いて深く波を引き寄せており、へたに近寄れば私などはコンクリートに叩きつけられるのは目に見えていた。けれど、そこを通過しないことにはどうしようもない。どこか安全なところで時間を稼ごうにも、この数時間を過ぎれば、今度は雨まで激しく降り出してしまう。

ここでようやく、自分の置かれている状況と、（すっかり忘れていた）天気予報の「強風注意」との因果関係が分かってきた（本当に馬鹿だ。これからカヤックをやろうと思っておられる方はどうか先行する悪い見本として読んでください）。

それぞれの橋脚と岸辺との間は、それほど広くなく、橋脚と橋脚との間の方が幅があるぐらいだ。心理的には、橋脚と岸辺との間を、騙し騙し通りたいのだが、その幅一杯、橋脚側に斜めに渦が出来ていて流れが速すぎる。むしろ、橋脚と橋脚との間、真ん中に、細いけれども、左右どちら側にも向かわない真っ直ぐの流れがある。なんだか、モーセの出エジプトみたいだ、と頭のどこかでぼんやり思う。あれは両側に海の壁（？）がそびえたって道が現れたわけだけれど、これは、むしろ、両側が低く傾斜している。

　ほとんど息を詰めるようにして渡り終える。まるで人生を象徴するような綱渡りだなあ、と感慨を深くする間もなく、また激しく風が吹いてくる。これは強風じゃなくて、連続する突風だ、と思う。こんなふうに天気が急変する、ちょっと前までは、それでもバス釣りのボートがちらほらしていたのに、もう、どこにも一艘も見えない。さすがにエンジン付きのボートは逃げ足が速い、と感心する。これで、本当に独りだ、と思うと、思わず、よし、という気分にスイッチが入る。さっきまで、春が重たい、なんて憂鬱になっていた気分が嘘のよう。目の前を、小さな青いものがさっと飛んだ。瞬間に、黄色が閃《ひらめ》いた気がして、目を凝らすと、やはりカワセミだった。ダム湖にカワセミがいる！　それだけで勇気百倍だ。この強風の中を、まるで自暴自棄のようにまっしぐらに飛んでゆく。余程の事情があるのだろう。時期的に言って、カップリングを済ませ、卵を抱いている頃だろうか、それとも、と思いを巡らせる。いやいや、あれはカワセミの常の飛び方。私が思い入れているだけだ。

それにしても、障害物が何もないところに、ただ一つの障害物である私とボイジャーに吹き付けるその風のすさまじさといったら。強風、というのは、何も一つの大きなものではなく、鉛筆の細さぐらいの鋭い突風が束になり、それがまた凹凸のある薪の束ぐらいになった集合体が時間差で繰り出される殺人的な速度の「無」だ、だから人の体に当たると自分が「無」化されてゆくような無力感を引き起こされる。結局それが一番こたえるのだ、と考える。波がどんどん高くなり、ボイジャーは翻弄され、いい加減に装着していたスプレースカートの隙間を抜けて、水が溜まり始める。その体験の最中に文章が頭の中に自動的に浮かぶ、というのはよくあることだが、こんなときにまで呑気に描写しようとするなんて、何て因果な体質なのだろう。死ぬ瞬間まで、頭の中で文章を作っているんだろうか、と自分が哀れになる。なのに一方では、最期の最後のその文章を、何とか残す手だてはないものだろうか、と未練がましく思ったり。考えてみれば今まで死んでいった多くの人に、「最期の最後の文章」があったわけで、逆にそれが読みたいものだ、とこれもまた呑気に思ったり。

少し風が弱まったところで、いつもは近づいたことのない側の岸の方へ向かって（そこがそのとき、岸辺としては一番近かった）大急ぎで漕いでゆく。途中でまた風が激しくなる。今度は方向が違う。確かに意識的に岸辺に向かっていたのだけれど、結局、風の勢いで不可抗力のように私とボートは岸辺に追い込まれてゆく。これは、自分の力ではなくて、風に流されているのだ。それはそれで屈辱的だ。スピードに危険を感じて、本能的に岸辺とは逆、風に抗うようにしてバランスを取りながら、結果的に少しずつ岸に近づいてしまう、という形にする。それでもみるみる岸に近づき、こちらに向かって腕を降ろしている大枝の下をくぐり、それからそれにつかまって、なんとか風が鎮まるのを待つ。力一杯つかまっていないとバランスが崩れてひっくり返りそう。

全く自分でも呆れてしまうのだけれど、こういう状況になっても、私の目は、滅多に来ない側の岸辺の植生を一瞬スキャンしようとする。そのとき、思わず、え、と声を出してしまう。意外なものを見たのだった。必死でつかまりながら、もう一度よく見ようとする。このときすでに、まともに目も開けられない状況なのだ。けれど、それは、どう見ても、そこにあり得ないもののように見えた。

そうこうしているうちにようやく風が鎮まり、私は心を残しながらも、大急ぎでそこを離れる。そしてしばらくするとまた風が耳元でゴーゴーと唸りだし、思わず、風に向かって「また？」と悪態を吐《つ》き、再び最寄りの岸に避難する。

これを何度繰り返したことだろう。

疲れ切って元の岸辺に辿り着いたとき、雨がポツポツと降り出し、私はボートを解体せずにそのまま引き上げてくれる電動式のキャリアに心底感謝しつつ、這々《ほうほう》の体《てい》でダム湖を後にした。国道に入ると、すぐに雨が本降りになった。


それから数週間が過ぎて、私はやはり、あのとき滅多に寄らない岸辺で偶然見たものが忘れられなくて、またS湖に向かった。

前回の「春の嵐」が嘘のように麗《うら》らかな日で、陽射しは暑いぐらいだった。ウグイスはまだ少し「ケキョ」のところがつかえていたが、前よりはずっと滑らかに唱っていた。

私はまっすぐあの岸辺に向かっていた。見つかるかどうか、心配だった。それは本当に、まだ、小さな芽吹きだったから。ありえない、と思ったのは、それが日本で野生ではあり得ないものだったから。あんな所に、誰かが植えたのだろうか。考えられることは、そこが昔、人の手の入った庭か何かであった、ということ。惹きつけられたのは、ダム湖になる以前の、その土地の生活の微かな息吹を感じたように思ったから。そういうものに、無性に惹かれるのだ。でも、それにしても、当時、山のてっぺんの辺りだったところだ。一体誰が？

実は私自身、十代の頃、ポケットに球根を入れて一人で近所の山を歩いていた時期があった。日当たりのいい草地を見つけては、いたずらのように球根を一つずつ埋め込んで歩く。そしてその球根の花が咲く時期に、もう一度歩いては、まるで思わぬサプライズを拾ったように喜びを集めて歩く。見つからない花もあったし、周りの雑草に埋もれて見つからないものも多かったけれど、それだけに弱々しくても無事咲いているのを見つけたときの喜びはひとしお。今はもちろん、そんな環境破壊の一種のようなことはしない。そして、同じ様なことをするいたずらっぽい若い人がいるとも考えにくかったが、その可能性は絶対ない、とも言い切れないではないか……。

見つかるかどうか、という私の危惧は杞憂に終わった。それは、すぐに分かった。真っ赤なチューリップ。なんと、咲いていたのだ。午後の陽射しを浴びて、満開どころか、すっかり開ききり、今にも花びらが落ちそう。ここでまた、感激と共に疑問が頭をもたげる。チューリップの場合、植えっ放しにしておいて、花が咲き続ける、ということはまずない。おしるしばかり、というように、葉っぱが少し顔を出すぐらいで終わってしまう。この花は一体何なのだろう。やはり誰かがボートか何かでここまで近づき、球根を植えたのか、それとも、岸辺に花壇を作ろうという計画が挫折して、その中途半端な努力の結果、なのだろうか。記念館が開館中なら、もしかしたら何か分かったかも知れないが、記念館はずっと閉館中で、誰に訊くこともできなかった。

今年の春は、どういうわけか、例年と違い、できるだけ避けたいような気がしていた。球根を植える、どころか、新しい生命があちこちで息づく、そういう気配に耐えられないような気分だった。いつまでも冬の厳しさの中でうずくまっていたかった（私はそれを、自分の中の生命力のなさのように思っていたけれど、今思えば、それは私の中のエネルギーの質が変容する時期だったのだろう）。

こちらに何かを訴えかけようとするような、そのチューリップの赤をすら、そのときなんだか重すぎるものに感じて、パドルを動かしてそこを去ろうとした。

その瞬間、カワセミが、また目の前を横切ったのだ。あのカワセミだ、と思わず目で追う。そして、艶やかな、端の端まで丁寧にたっぷりと蠟を塗ったようなチューリップの花びらが、今まさにゆっくりと散ろうとしていたのに気づいた。土から生まれた、ぼったりした質感と量感。鮮やかにも赤い、花びら。また土に還ろうとする。

私はパドルの手を止めて、ぼんやりとその小さな営みの一端に付き合った。この花びらが落ちたこと、その一瞬前に、太陽がぎらりと雲の端にかかったこと、そこから空気の質が僅かに変わったこと、私の目の端を青い閃光のように小さなカワセミが、もういい、と（何だか）悔しそうに飛び去っていったこと、湖底の底の青黒いところがぼわっと膨れたようだったこと、等々が、全て連関している美しい旋律のように流れていった。

見上げれば雲は少しスピードを上げ拡がってゆくところ、風は一筋の小川のように大樹の葉っぱの端から端まで笑いながら駆け抜け、ゆったりした波はボイジャーと私を小さく押し上げ、降ろした。

ああ、もう、本当に、すっかり、本物の、そう、春が、来たのだ。

パドルを置いて、深呼吸し、しばらく目を瞑った。それから、もう一度漕ぎ始めた。

頭の中では、残してきた風景が勝手に動き始める。

今の岸辺が、燦々《さんさん》と陽の当たる丘の上の斜面になっている。誰もいないのが気持ちよくて、少女が一人で歌を歌いながら空を見ている。それから立ち上がり、見事に花を付けたチューリップをもう一度確認する。仕事の成果に満足。そして、なだらかに下る草地の道を、リズミカルに駆けてゆく、麓の、彼女の家まで。全てが湖底の世界のように、淡い新緑色に揺らめく。

私は漕ぎながら、彼女の後ろ姿を見下ろしている。春のエネルギーをいっぱいに受けて、たじろぐことのない若さ。声を掛けたら、振り仰ぐだろうか。初夏の木漏れ日を、眩しく見上げるようにして。

常若の国　2

所用があって、標高の高いところにある湖では日本有数のY湖に行った。あわよくばそこでカヤックを、という思いもあったが、今回はただ、おとなしく案内人の車に乗って、湖の説明を聞いている。案内人は、Y村がまだ僻村といっていいような時代にここで生まれ育ち、大きくなった人。車窓を、湖畔の風景が流れてゆく。

――あ、ハクチョウがいる。

美しいオオハクチョウやコハクチョウが、優雅に湖に浮かんでいる。

――こんな時期に。

嫌な予感がして呟いた。

――ああ、あれ。可哀想なことなんですが。

と、それまで意気軒昂《いきけんこう》だった案内人のトーンも落ちる。

——町の方で、観光の目玉にすることになったんですね。それで、何羽か、風切羽を切って渡りができないようにしたんです。一年中ハクチョウを見ることができる湖、とするために。

そこで案内人に対して怒ってみせてもしようがない。ああ、とため息をつくと、案内人は、

——残ったハクチョウたちの間で、雛が生まれたんですが、次の春になると、北から渡ってきたハクチョウたちと一緒に、成鳥になった雛も北へ飛んでいってしまったんです。

——親をおいて？

——そう。

自ら雛を率いて範を垂れつつ、誇らしく北へ帰ることのできない親の辛さを思う。渡りの本能の、もの狂おしいような衝動を思いやれば、なお。

案内人が子どもの頃は、湖岸を一周するその道路もなく、自動車も少なく、裸足で湖と山とをダイレクトに駆け回っていたのだという。今はすっかり観光地化されてしまったY湖は、湖そのものよりも少し山手に退いたところに魅力的な避暑地があった。

この湖でカヤックをするとしたら、という私の質問に、

——例えばここに拠点をおいて。

と、案内人は提案する。拠点と決めた小屋から、カヤックを乗せて自動車で少し下る。そしてそこの駐車場において、カヤックを降ろし、道路を挟んですぐの湖に持ってゆく。

——すぐそこが桟橋ですから。

あまり乗り気にはなれない。けれど、白樺に囲まれた「小屋」自体はとても素敵だ。しばらく考えたが、そこでカヤックをやることは諦めた。

その周辺にいくつかある湖の中で、結局私がカヤックをする気になったのは、自分でも不思議なのだが、なんとまたダム湖であるT湖だった。

T湖のどこが、自分を惹きつけたのか。そのときはうまく説明できなかった。

T水系が、それを擁する県の水瓶のような存在であることは知っていた。確かに美しい水だった。けれど……。

自分でも内心訝《いぶか》しがりながら、カヤックを持って再び自分の車でT湖に向かった。

T湖にカヤックを持ち込むには、湖の管理事務所も兼ねる記念館に行ってまず使用料

のようなものを払わなければならない。それで、最初に記念館に行った。手続きが済み、何気なく館内を回る。村々がダム湖の底に沈む前の、人々の生活が写真に収められている。数十年前の、日本の農村の風景。それよりももう少し個人的な、家族の風景も。

時が止まってしまったような不思議な感覚を覚えて、館内を歩いているうち、ある場所で私の足は止まった。

それはT湖がダム湖になる以前の、この地区の立体模型だった。T水系を成す、四方から流れ込む川が、一つの沢に収斂してゆく。けれど、その流れ込む川に沿ったあちらこちらに集落があり、学校があり、役場があり、神社がある。生活の、跡がある。

これが皆、この湖の中で眠っているというのだろうか。

私は受付に行って、この、水に沈む前の地区の航空写真が載っている、パンフレットか何かがないか訊いた。係の人は、あると思う、とすぐに探してくれたのだが、結局見あたらず、ダム計画が立案されたときの説明書と思しき冊子をもらった。そこにダムができたときの全体図が載っていたので、もう一度立体模型の所へ行き、それを見ながら、冊子の図の上に、ペンで細かく書いてゆく。

○○小学校、○○神社、○○役場、郵便局、保健所、○○集落・戸数○戸……。

私の集中力が異様に見えるのか、観光客が物珍しげにこちらの手元を覗いてゆく。こういう視線には慣れている。けれどまあ、本当に、何でこんなに夢中になるのだろう……。いや、理由は分かっている。

物語のにおいがするのだ。

別に何かの仕事のため、というのではなく、ただ、物語のにおいがする、それに惹きつけられる。こういうとき、不審に思った相手から「何かのお仕事ですか」と訊かれるときがあり、そういうとき、今は、「ええ、まあ」と答えられる職業があって、本当によかった、と思う。仕事でもなく、何かに取り憑かれたように「どうでもいいようなこと」に熱中している人なんて、傍から見たら気味が悪いだけなのだろう。でも、本当は仕事であろうとなかろうと、私はこういう事をやってしまう。

一応写し終わり、展示されている隣の建物を見学する。その建物は、江戸時代末期につくられた農家、数十年前まで、つまりダム計画が決行されると決まるまで、実際にある家族が住み続けていた住宅だ。この住宅も湖の底に沈むはずだったが、移築されてこうやって展示されている。これは集落の中の典型的な一軒の例、湖の底にはこれに類した家々が眠り続けているわけだ。

私は入り口のところの柱に手をやり、思わず撫でてみる。陽に晒されて、白くなった、脈の浮き出た柱。文字通り「敷居」を跨いで土間に入る。艶光りした上がり框《かまち》。角が柔らかく取れている。きれいに拭き清められているが、少しささくれた古い畳。素足で歩いたら、どんなに気持ちいいことだろう。そのまま台所へ回る。土間の上に、簀《す》の子《こ》が敷いてある。流しは小さなタイルが貼ってある、小石混じりのセメント。

きっと、学校帰りの男の子が、敷居を蹴り飛ばすようにして駆けてきて、土間を抜け、台所でごくごくと水を飲んだことだろう。そうそう、一学期の終業式が終わって、諸々の道具や通知表を、上がり框から畳へ向かって放り投げて……。それからランニングに麦わら帽子でまた駆けだしてゆくのだ……。

その子の跡を追うように外へ出る。今はまだ晩春という頃だけれど、今日の日差しはまるで夏のようだ。そう、こんな日差しの中を、あの子は、どこへ行くのか。

高い縁側は黒光りしている。高さのせいですぐに腰掛けることはできないが、踏み石があったので、それを使って、ちょっと座らせてもらう。

夏休みが始まる頃——きっと蟬の声が降るようだ。あの子は虫捕りへ？　いや、バケツと釣り竿を持っている。沢へ行くのだ。

沢——慎ましくも誇り高い、昔からの沢が、ダム、という、人間の都合だけのために、暴力的な力で、何か、自然界にない化け物のように変貌してゆく様を思い、私は少し、胸が痛くなり、この幻想を打ち切って、車へ帰る。そしてカヤックを出せる、ボート乗り場へ。

ボート乗り場の駐車場から、岸辺までは階段を下りていかねばならない。私は（珍しく）きちんと畳んでバッグに入れていたカヤックを背負い、慎重に階段を下り、ずらりと並んだボートの横にそれをおろした。そして、係のおじさんに許可証を見せ、カヤックの組み立てにかかる。カヤックの構造に興味を示したおじさんは、あれこれ質問をする。私はそれに答え、やりとりするうちに、おじさんがこの「水に埋葬された」土地に生まれ育ったことを知る。

――小学校もここで？

――そう、小学校も中学校も……。

私は立ち入りすぎないよう質問をやめ、ちょうど組み立て終わったカヤックに乗り、出発の挨拶を交わしてT湖に漕ぎ出す。

さすがに水に、人狎れのしない冷たい清冽《せいれつ》さがある。

漕いでいると、向こうから、水鳥が、明らかにこちらに向かってやってくる。カモではなく、それより少し大柄なガンの仲間、しかも、日本に立ち寄る種類では、とても珍しい方だと思う。それが不忍池のキンクロハジロ（野生のくせに驚異的に人なつこい）のように、ボートのそばまで、つうと寄ってきて、目と目をしっかり合わせる。まさか、このガンも風切羽を……。と嫌な考えが浮かぶ。でも、ハクチョウならともかく、こんなマニアックな（通好みの、と言うべきか）ファンしか喜びそうにもないガン、大衆性はないし、集客力も望めそうもない、いくらなんでもそんなことはないだろう。ひところの猟が盛んだった頃と違い、最近のボートに乗る人間は安全、むしろ餌をくれる可能性の方が高い、と（ガン自身が）学習し、もしかしたらここに棲み着く決意をしたのかも知れない。

そのガンよりはもっと一般的な、カルガモの親子が岸辺に沿って泳いでゆく。別のカルガモが、藪から飛び立ち、そのとき太陽が一瞬陰ったので、思わず目を上に転じ、それから下に戻すと、雲の浮かぶ空を美しくリフレクトする湖面にカモが映り、まるでそのまま水底の世界に降り立ってゆくよう。思わずカルガモと一緒に吸い込まれてゆきそうな気分。

山間《やまあい》に響き渡るホトトギスの声。ああ、これが今年最初のホトトギス。去年までは、平安時代の昔から、ホトトギスの歌で有名だった場所に住んでいたので、その年最初のホトトギスはいつも夜半、夢うつつで寝床の中で聞いたものだった。今は引っ越したとはいえ、流浪の日々が続く身の上で、ホトトギスの初音をどこで聞くかなんて、すっかり意識の外だった。

　カヤックに挟み込んだ地図を見ながら、少し入り江になっているところに入り込む。水面に差し掛ける木々の枝から若葉の緑が滴らんばかり。木漏れ日は木々の合間を抜け、山手の方、あちこちに光の柱をいくつもつくる。水辺に向かって、幾筋もの水の流れができている。今はこういう細々とした流れの集合体だが、いざまとまった雨となれば、堂々とした川になるのだろう、と思い、そうか、これがN川、と呼ばれ、本来ならこのまま渓流として谷底に下り、他の三つの川と合流していたはずの、そのN川の、言うならば頭の部分なのだ、と考える。

　それならここから山道を下り……と、パドルを動かす。この辺りに神社があったはず。

　そしてその前の道を、こう曲がると……。私は記念館で丹念に書き写した地図を見ながらパドルを動かす。集落があり、あの子の家がある。ウノハナの垣根。ほら出てきた。麦わら帽子にランニングシャツ。真っ黒に焼けた細いうなじの、銀色のうぶ毛に小さな汗の玉が光る。虫捕り網は繕ってある。

　ほら、あっちからも、こっちからも、子どもたちが、出てくる出てくる。

夏の子どもたちだ。
そうそう、私はあなたたちに会いたかった。
すっかり嬉しくなって、彼らの小学校へ向かう。

常若の国 3

まだ薄暗い――ずいぶん早い朝だ。ヒグラシが辺りに遠慮しながら鳴いている。山に囲まれたこの地域は、日の出が遅く、日の入りが早い。まだ森の吐息の残る、新鮮な朝の空気の中を、子どもたちが誘い合って学校へ向かう。ああ、そう、ラジオ体操があるのだ。空気は、さくさくと音を立てそうなまでに瑞々しい。日の光に当たったら溶けてしまう、小さな氷が織り込まれているよう。田んぼに覆い被さるような森の縁から、繰り返し繰り返し送り込まれてくる緑の手紙。

この子の名前は……シゲユキ君。首から下げているのは、ラジオ体操の出欠表。捕虫網を手にしているのは、帰りにそのまま虫捕りに行くつもりだ。

茶の木を生け垣に組んだ屋敷の横を通っている。鶏小屋から、雄鶏のときを作る声が響いている。

シゲユキ君の横を小走りに歩いているのはサトシ君。自分の見つけた、秘密のクヌギの木の話をしている。

「幹の下んとこ、けっとばしたら、カブトやオオクワガタ、ばさばさ上から落ちてきて」

サトシ君は自慢げだ。本当かなあ。けれどシゲユキ君はすっかり目を輝かせて、ラジオ体操なんかほっといて、今にも飛んで行きたそう。

川沿いの道に出た。河原には大きな石がごろごろ。全体に白っぽい。そこで奥の集落からやってきた女の子たちと一緒になる。

「虫網なんかもってる」

ハルミちゃんだ。吊りひものある、短いスカート。

「終わってから、どこ行くつもり?」

ショートパンツのヒロコちゃんが訊く。シゲユキ君とサトシ君はちょっと目配せして、

「セミ捕りに、八幡さんの境内」

「朝早くからセミなんて鳴く?」

「カナカナぐらいだよねえ」

女の子は顔を見合わせて怪しげだ。シゲユキ君が、

「ニイニイゼミはすぐ鳴くよ」

「セミってツクツクホーシって鳴くんじゃなかったかなあ」

「それは種類が違うんだよ。ツクツクホーシは、盆過ぎてから鳴くんだよ」

「へえ、そうか」

「ツクツクホーシって、なんて鳴くか知ってる？」

「ツクツクホーシ、ツクツクホーシ、ツクツクホーシ、ツクツクホーシ、オーシーツクツクオーシーツクツク」

「違う。ちゃんとした鳴き方、ゆうべ、お姉ちゃんに教えてもらった」

「なんて鳴くの？」

「ツクツク　ウイス　ツクツク　ウイス　ツクツク　ウイス　ウイオース　ウイオース　ウイオースススススススススス」

「すげえ。そっくり」

「シゲの姉ちゃんは物知りだなあ」

シゲユキ君は得意そうだ。シゲユキ君の姉さんは本ばかり読んでいる。そしてとき

どき、虫やら草やら睨み付けるようにして見つめている。シゲユキ君はあまりかまってもらえないけれど、お姉さんのことはこっそり尊敬している。

早起きのキセキレイがしっぽを上下にふりふり、河原をウォーキングしている。山《やま》間《あい》から突然、夏の朝日が顔を出し、その光が白い河原に乱反射して、眩しくて、思わず目を閉じる。


心持ち頭を上げて目を開け、辺りを見回す。ホトトギスが、また鳴いている。私と私のカヤックの浮かぶ「湖」では、セミはまだだ。カヤックは、地図でいうと、ヒトデの腕のように伸びた湖水の、真ん中の所に近づこうとしている。その先の曲がり角まで行ったら、大橋の方が見えてくるだろう。そして大橋の真下辺りが小学校。私はボート乗り場をちらりと振り返る。おじさんがこちらを見ているのかどうか分からない。ここを曲がってしまったら、カヤックは彼の視界からは消えてしまうが、どうせ大橋の向こうに別の監視場所があるだろう。ボート乗り場は一つではなかったから。そう、自分を勇気づける。

パドルのたてる水音が、辺りの植生に吸い取られてゆくようだ。生命力でむせかえらんばかりの盛夏の山と違い、まだ初々しさの残る緑だ。今日はほとんど人がいないけれど、シーズンに入ったらもっと混み合うのだろう。真夏の日差しは苦手だから、このくらいのときで良かった。南の生まれのくせに、真夏の日差しが苦手だなんて、情けない。けれど全く、南の紫外線ときたら、すべて消毒しようといわんばかり、一歩外へ出たらバシッと拒絶されるように感じたものだ。ああもう、そんなことはどうでもいい。橋の真下に着いた。ほらほら、あの子たちだ。小学校の門をくぐった。

小学校の校庭には三々五々、子どもたちが集まり始めている。子供会の会長さんが集まった子どもたちの出欠表に、順番に判子を押している。シゲユキ君たちは鉄棒にぶら下がりながら、体操が始まるのを待っている。やがてラジオから威勢のいい曲が流れ始め、みんな鉄棒から降りて、適当に間合いをとりながら体操する場所を確保する。当番の子どもが、朝礼台の上で体操している。いち、に、さん、し、にぃ、にぃ、さん、し。

頭を上にやった拍子に、空が見える。もうすっかり朝になって、白い雲が浮かんでいる。

体操が終わって、シゲユキ君とサトシ君から離れた所にいた男の子たちが駆けてくる。

「今夜、イブリがあるって知ってるかあ」

「ああ、知ってる」

「おれ、ついて行くんだ」

男の子は誇らしそう。

イブリは夜振り。数人がかりの川漁だ。一人が松明《たいまつ》を持って振りかざすと、魚は光に集まってくる。それをめがけて投網を打つ。この辺りで獲れるのは、ウグイやヤマメ、カジカ。

「ふうん」

サトシ君とシゲユキ君はうらやましそう。ヤマメは焼干しにして、カジカは佃煮のようにして、家中の糧となる保存食になる。それはなんと、晴れがましい大人の「仕事」であることか。サトシ君もシゲユキ君も、ウシガエルを捕ったことはあっても、本物の魚を釣ったことはまだ一度もない。なんだか、これからカブトを捕りに行くことが、急に色あせて感じられる。

なんとなく、足取り重く、帰り道を歩いている。ヒロコちゃんとハルミちゃんが駆けてくる。

「八幡さんの境内に行くんだったら、一緒に行こう」

「八幡さん？」

「セミ捕りに行くんでしょ」

セミなんて。

ますます惨めになる。八幡さんはどうせ帰り道の途中にある。サトシ君が、秘密のクヌギの所へは、八幡さんの境内を抜けて行けるから、とひそひそシゲユキ君に耳打ちする。

八幡さんの鳥居の所へ来た。道の向かい側には苔むした石垣があり、カナヘビが隙間を走って行った。木々が生い茂って昼なお暗いところだ。私はその木々の植生をよく見ようとして、鳥居の下まで降りる。境内脇の、森の奥から、光に輝くサファイヤのような青がきらきら閃《ひらめ》きながらこっちへやってくる。シゲユキ君が叫ぶ。

「あ、ミドリシジミ」

よく知ってるねえ。そのチョウの仲間はゼフィルスっていうのよ。ギリシャ神話の、西風の神。普通は梅雨の頃に出るんだけど。ここでは梅雨を過ぎてもまだいるんだ。

「お姉ちゃんが好きなんだ。オオムラサキより、これの方が好きっていってた」

そりゃいい趣味だ。それはジョウザンミドリシジミ。オオムラサキより鉱石っぽい青をしているよね。まるで空飛ぶ宝石。

私はゼフィルスを見つめながら、シゲユキ君に話しかけている。ヒロコちゃんはふっと、何かに気づいたようで、怪訝そうに私を見上げる。

「どこからきたの」

「きっとたばこ屋の前の○○さんとこの親戚だよ。夏休みだから遊びに来てるんだ」

シゲユキ君が、かばうようにいう。ヒロコちゃんは、私の下の地面を指し、

「だってほら、足が着いてない」

え?

「足が着かないよ」

え? 足が着かない?

下を見ると、地面が遠い。思わず上を見上げる。水だ。ゆらゆらと日光が揺らめいている。足の下も水。足が着かない? 子どもたちより浮いていることに気づく。子どもたちは黙って無表情に私を見つめている。

鳥肌立つような思いで、思わず目を開ける。山の湖。辺りはしんとしている。もうホトトギスも鳴かない。水面に手をやる。その水温の低さ。ダムの深さと、岸辺からの遠さが急に現実感を持って押し寄せてくる。ボイジャーの底が、何とも頼りなく思

えてくる。この水はどれほど深いのか。――足が着かない？　ぞくっとする。急峻な山間部から集まった湧き水の清冽《せいれつ》な流れが一堂に会したダム湖。この冷たさ。首筋がぞわぞわするのを感じながら、今度こそちゃんとしたウェットスーツを買おうと頭のどこかで決意する。大急ぎで帰ろうとパドルを動かす。けれど、すぐに思い返す。あの子たちをあのままでおいて行くわけにはいかない。パドルをおいて、もう一度、目を閉じる。

みんなが私を見つめている。そう、ここのところからだ。いっしょに行こう、と私は声を掛ける。みんな互いに顔を見合わせる。

「ここがいい」

怒ったようにサトシ君がいう。

「ここがいい」

だからね、と、私は説得する。物語の世界に移るんだよ。そして、みんなそれぞれ、大人になってゆく。ちゃんとした物語にしてあげる。約束する。

「いやだ」

とシゲユキ君が半べそでいう。

「子どもがいい。ここがいい」

だって、大人になりたかったでしょう。夜振りに行ったり、したかったでしょう。

「でも、やっぱりここがいい」

その気持ちは分かる、と思いつつ、だけどさ、と私も泣きたくなって説得を続ける。カブトとったり、セミとったり、サカナ釣ったり、やったらいいよ、大人になっても。

「ほんと?」

「影踏みも?」

影踏みも。私はうなずく。

「でもさ、ここでいいんだけどな」

シゲユキ君が下を向いて呟く。私は慌てる。

おもしろいと思うこと、全部やってみたらいいんだよ。いっぱい出てくるよ、きっと。世界はあの山の向こうの向こうのずっと果てまでつながっている。どんどんどんどん進んでいったらいいよ。海を渡って、空を飛んで。そういう、物語にしよう。一つ一つ、自分の手でつかんで、確かめて、歩いてゆく、そういう物語。ごまかしのない、まっすぐの、そういう物語を生きるんだ。あなたたちがここを抜けて、歩き出さないと、あなたたちを忘れたままの大人は、とっても大変だ。

「じゃあさ、ここに連れてきたらいいよ」

え？

「そうだよ、僕たちが行かなくてもいいんだ。大人が、ここに来たらいいんだ。ときどき。ほら、そんなふうに」

シゲユキ君が、私を指してうなずく。

「そうだよ、連れてきたらいいんだよ」

それは……大変そうだ。私はため息をつく。

今はね、やらなくちゃいけないことがね、いっぱいあるのよ……。

「でも、ほら、もう連れてきてるじゃないか」

え？

「ほら、連れてきたじゃないか」

え？

空を見上げる。狭い天に、小さなクジラのようなものが浮かんでいる。あれはカヤックの底。途端に、すーっと引き上げられるようにして、意識がそのクジラ、カヤックの中に収まる。

ああ、失敗した。いや、失敗じゃないかも知れない。

私はゾクゾクとワクワクが奇妙に入り交じった、「身の毛のよだつ」感じを味わいながら、船着き場に帰ろうとしている。

物語の予感は、いつでもこんな風にやってくる。

アザラシの娘 1

　数年前、スコットランドのインヴァネスから、更に北方の海辺の町、アラプールへ車を走らせていたときのこと。インヴァネスから北西へと離れるに従って、やがて、ヒースの波すら届かない(つまり、ヒースの生い茂る環境より更に厳しい気候条件になって)、荒涼とも荘厳とも言える圧倒的な風景が眼前に展開されてくる。そういう原野に時折、ぽつんと農家が現れたりする。古い農家らしいが、こんなひと気のないところで、その昔、交通の手段はいったい何だったのだろう、と思わず思いを馳せる。見渡す限り、畑などとてもできそうにない、大きな岩や石がごろごろしている。そして、その合間を穿《うが》たれたひびのような渓流が走っている、そういう大地に、たった一軒、高い高い雲間から、カーテンのように射してくる日の光を浴びながら、ただただ存在していること、それだけが目的、とでもいうようにじっと建っていたりするのだ。

対向車も後続車もない、見通しだけが切ないぐらいにいい道路を走っていると、だんだんすっかり自分の内側に捉えられてしまっていたらしい。やがて道路がロッホ・ブルームに沿い始め（これは湖のようだが実は深く内陸に切れ込んだ入り江）、前方の路肩に、その水辺に面した空き地を見つけたので、ちょっと車を停めようと、ハンドルを切ったその瞬間、車がスピンしてガードレールも何もない崖ぎりぎりで止まった。

ほとんど休憩なしで車を走らせていた上、ペースメーカーになるような車もなかったので、自分がどのぐらいスピードを出していたのか、全く自覚がなかったのだ。そういうスピードでろくろく減速もせずにハンドルを切ってしまったのだろう。そんなことは初めてだったので、自分でもびっくりした（普段からこんな運転をしているわけではない。自慢ではないが、ずっと無事故の優良ドライバーだ）。

何だか時間が止まったような、不思議な感覚が、ずっと私を支配していたのだ。きっと、いたずらものの妖精の仕業だ、と思うことにして、しばらくそこで休んだ。夏だというのに、北方の海の水はどこか寒々しく、そして海の水、と分かっているのにやはり湖畔にいるような気がして仕方がなかった。

スコットランドやアイルランドは、妖精の伝説も多いが、アザラシの民話も多い。そのときは、アラプールの港から、アウター・ヘブリディーズ諸島へ向かうつもりだった。インヴァネスから飛行機も飛んでいるが、船を選べば船上からアザラシや珍しい海鳥のコロニーのある島々が見えるはず。

寂れたアラプールの港について、船を待っている間、フィッシュアンドチップスの売店を見つけ、揚げたてのそれを手にした。この辺ではまだ、昔ながらに新聞紙にくるんで出してくれるのだ、インクの感じがさすがに昔と違うけれど、でも懐かしい、と思いながら、埠頭から海を見ながら食した。

この海に、アザラシがくる……と思った瞬間、まるで嘘のような話だが（けれど、紛れもない事実）大きなアザラシが二頭、つうっと目の前に現れ、まるでラッコのようなポーズをとり、私の目の前で優雅に回転して見せた。それからおなかを見せながら、こちらを見つめ、そしてくるりと身を翻し、海の底に沈んでいった。二頭がずっと「シンクロ」していた。ただただあっけにとられた。

すぐ目の前で起こった出来事で、結局、これがその旅一番の至近距離での「アザラシとの出会い」になった。

アイルランドでもアザラシに会った。

イースターもほど近い日の早朝、その国では比較的有名な町を出発し、海沿いの道を南へ走った。もとより行方定めぬ（もちろん大まかな日程は組んである。何日までにこの町へ着く、というような）道行きではあったが、道が次第に次の町の広場や中心の方へ入り、居心地の良さそうなホテルの看板などが目に入り始めると、そろそろこの辺で今夜の宿を決めておくべきか、それとももっと先にもっと素敵なホテルが出てくるだろうか、と迷い始める。へんに高望みをして、先を急ぎ、結局日が暮れてもホテルはおろかB&Bすら、見つからない、ということが、（アイルランドでは）往々にして、起きるのだ。目印にしているいくつかの町では、目当てのホテルがあるので前もって予約をしておいた。そういう当てのない町なら、きちんとしたホテルが目についたら、電話番号を調べて予約を取ってから行けばいいし、B&Bだったら、飛び込みでも大丈夫だが、ツーリストインフォメーションで条件にあったところを予約してもらえばもっと安心だ。けれど、それだと、ただでさえ不慣れな土地、現地へ着くまで辺りの環境が分からないので、当たりはずれがある。確実なのは、車でぐるぐる回って、気に入ったロケーションの小さなホテルかゲストハウスかB&Bを見つけて電話で確認することだが、大抵はめんどうくさいのでそのまま飛び込みで部屋が空いているかどうか訊いてしまう。でもこれはちょっとおてんばなやり方だ。若いときはほとんどそれですませたけれど……。

さあ、ここでチェックインするべきか、それとも海岸沿いにもっといい宿泊施設があるだろうか。逡巡しながら、石畳の古い町並みをゆっくり走っていた。

やがて道路は海に出る。それから半島になるのかれっきとした独立した島であるのか、今思い出せないが――そこが観光地であったなら、後からガイドブックでも調べれば何とか記憶が蘇るのだが、観光地でもなく、さして特色もない田舎町となると、ろくに町の名前も思い出せない有様で、きちんとジャーナルをつけておけば良かったと後悔している――ともかく、湾か細い海峡かを挟んで橋が架かっており、その先はもくもくと木々に覆われた島のような、岬のような場所。迷わず、橋を渡る。道は崖沿い。左下は峡谷っぽい。だが入り江だか河口だかはよく分からない。右側には、森をバックに小高くなった丘が続く。サマーハウスと思しき、質素ではあるがあまり生活のにおいのしない家が時折現れる。やがて、B&Bの立て札。その向こうは道路が大きく曲がり、アイリッシュ・シーが見えている。車道から斜めに、崖沿いの森に向けて人一人ようやく通れるぐらいの小道が延びている。

ごくノーマルなその家の感じからは、贅沢な居心地の良さも、簡素と清潔に徹した精神性も望むべくもないが、辺りの環境があまりに素晴らしかったので、迷わずにここに泊まることを決め、車を停める。看板のある小さな門から玄関までのアプローチは狭い階段状になっていて、丘を登っていくよう。中年の女性が二人、庭の手入れをしている。泊まれますか? と訊く。シーズン・オフの時期だったのだ。女性は手を止めて腰を伸ばして立ち上がり、一瞬こちらを見つめ、すぐに、ええ、どうぞ、だいじょうぶよ、とうなずく。

通された部屋はやはり、思ったようなものだったが、どうせ日中はほとんど外にいるつもりになっている。その女主人も、大体こちらの「つもり」は分かっているらしく、その先の小道はね、と説明してくれる。ずっと海岸線に沿って続いているの。途中分かれ道が出てくるから左に進んでね。素晴らしい眺めよ。私たちも、この景色に一目惚れして、イングランドから越してきたの。ああ、ではあなたはイングリッシュなのですね、と納得する。人間関係のさらりとした持ち方が、人懐こいアイリッシュのそれとはどこか違った。ええ、そう。この辺りのサマーハウスの持ち主はほとんどそう。じゃあ、気をつけて、楽しんで。ありがとう。

その時期の、つまり三月のアイルランドに行くなんて、と皆から呆れられた。最悪。嵐続きで。もう二度と行くもんか、って気になるわよ。私、好きだもの。そういうの。そんなやりとりをいくつか知人たちと重ねてやってきたのだったが、のどかな快晴続きで、当のアイルランド人ですら、嬉しいんだけど半信半疑、という不安気な面持ちで「昨今の天気」について触れるのだった。どうしちゃったんだろう……。

けれど、着いた頃にはちらほらとこぼれ始めたところだったサンザシの白い花が、野原ではもう満開。荒れ野はハリエニシダ、その目にも鮮やかな黄色。さあ、もうすぐ、公園や民家の庭ではラッパ水仙が高らかに春本番のスタートを鳴り響かせ始める、そういう北国の春の、準備OKとばかり、胸一杯に吸い込んだ、その息吹の気配が感じられて、まあ、これはこれで、いいではないか、という気分にもなっていた。

B&Bの女主人に教えられたように小道を進んでいくと、散歩中何となく辿り着いた、という風情の人々が崖下をのぞき込んでいる。そのうちの一人が、もの問いたげな私に気づき、ここね、sea otter が出るのよ。それで皆、観察にやってくるの。sea……otter……? そう。私はそのとき、迂闊にも sea otter の和訳を知らなかった。sea otter がカワウソだということは知っていた。それで、海――カワウソ？ と混乱したのだった。あのう、と一応質問してみる。カワウソ、は、ふつう川に出るのですよね。海に出るものもあるのですか。向こうもきっと、とんちんかんな事を訊く、と思っただろうが会話はそれなりに続く。ええ、そう。ここは川が海に合流する場所だから、魚がたくさん獲れるの。それで、sea otter たちがやってくるのよ。もうすぐ来ると思うわ。私はてっきり、それなら川上からカワウソたちが多少の無理を承知で(つまり海水と混じり合っている流域であるという)、獲物を求めて海まで遠征してくるのか、と妙に納得してしまった。だが覗いてもまだ「海カワウソ」はやってきそうもなかった。それで、ちょっと挨拶をして、その場を離れ、更に海沿いを目指した(思い込みとはいかんともしがたいもので、そこで持参の辞書を引けばすぐにも分かったものを、私の頭のアイルランドマップにはそれから数ヶ月にもわたって「海カワウソ」なる動物が棲息していたのだった)。

海沿いの崖の小道、というのは散歩していて全く飽きない。遠く海原の波は、潮の流れや海流が、それぞれ違う色のきらめきを帯状にまといながら、天女の羽衣がなびくように流れてゆく。崖上の野原は、日本の海岸性の草木の植生とはまた違い、デイジーなどが堂々と咲いている。どういうわけか、木立状になったフクシアが、花を咲かせていたのには本当に驚いた。野生、なのだろうか。南の生まれの植物ではなかったのだろうか。誰かがいたずらで植えたのだろうか。そうだとしても、この厳しいアイルランドの、しかも海辺の冬を、どうやって越したというのか……。この疑問は未だに解けない。

それから歩き疲れて帰り道、しばらくそのデイジーの野原から海を見つめていたときのことだ。

突然波間から、ブイのような黒い球体が現れた。おや、と思い、それでもブイだろうとすぐ思ったのでさほど驚かなかった。それが引っ込んではまた別の所から出る。よくよく見て、思わず、ああ、と思い、瞬きもせずに見入ってしまった。

アザラシだったのだ。

しかもこちらをじっと見つめていた。

アザラシの娘 2

夫が隠していた、昔の自分の羽衣を見つけて、天の国へ帰ってしまう──「天女の羽衣」は、日本でも有名な民話だ。この「天女の羽衣」譚が、地球上、帯を描くようにして各地で採集される、というのもまた有名なことだが、数あるアザラシの民話の中でも特に代表的なのが、この「羽衣」型の「帰って行ってしまいました」話である。

ある男が偶然、美しい乙女達が水浴びしているのを目撃する。その脇の茂みに何枚か、アザラシの皮がおいてある。男に気づいた乙女達は、驚き慌ててアザラシの皮をまとい、次々海に帰る。が、ただ一人、皮が見つからず途方に暮れて泣く娘がいる。男がすかさず一枚の皮を隠したためだ。男は娘を自宅へ連れ帰り、妻にする。何年かたって、彼女は衣装箱の奥か、納屋か、海草の山の下で、自分の「皮」を発見し、海に帰って行く、という話だ。数あるバリエーションの中には、子をなした後、その子が皮を発見する、というものもある。

これはその中で、とりわけディテールに深みがある話。子供たちが発見したものを母親の所へ持ってきて見せたところから。


「人魚の乙女はそれを見ると、嬉しさに目を輝やかしました。

『ああ、やつと海原を泳ぎ通つて、故郷に帰れるやうになつた。』

乙女はかう思つて、ほとんど宇頂《ママ》天になりました。が、自分の側にゐる子供たちを見ると、急に悲しさがこみ上げて来て、かはるがはる子供たちを抱きしめました。それから毛皮を摑んだまま、大急ぎで海辺の方へ出かけて行きました。

やがて男が帰つて来ました。そして子供たちから、毛皮の話を聞きますと、宙をとんで、お嫁さんのあとを追つかけました。しかしやつと磯辺に駆けつけたときには、乙女はもう毛皮をつけて、海豹《あざらし》の姿に変つて、岩の端から海の中に飛び込んでゐました。と、例の大きな海豹が（筆者註・男の妻になった娘は、ときどき海に行ってはこのアザラシと会話を交わしていた。が、その言葉は男には理解できないものだった）すぐに現れて、大そう優しい身のこなしで、海にとび込んだ海豹に、

『おめでたう。やつと抜け出せたね。』

とお祝ひを云つてゐるやうでした。

乙女の海豹は、海の中深く潜り込む前に、男の方にお別れの目を向けました。男は、落胆しきつた顔をして、ぼんやり突立つてゐました。海豹はそれを見ると、暫らくの間同情の念が胸にわき出して、

『さよなら、ごきげんよう。わたしは陸《くが》に住んでゐたときには、ほんとにあなたを愛しました。でもわたしの始めの夫を、いつでも、もつともつと愛してゐましたのよ。』

と云ひました。」

——『スコットランドの民話と伝奇物語』

結婚した男の所属集団にどうしてもなじめず、自分の魂が本当に属している集団へと、止むに止まれず「帰って行く」女の話なのだろう。そのストラクチャーの本質は残しておきながら、ディテールをどうヴィヴィッドなものに変えてゆくか、というところに語り部の本領が発揮される。民話とは、昔からそのように伝わってきたのだろう。

それからこれは「羽衣」型ではないが、やはりアザラシの話。

昔、アザラシを獲るのが得意な漁師がいた。あるとき馬に乗った見知らぬ男が現れて、アザラシの皮を大量に買い付けたいから、ちょっといっしょに自分の家まで来てくれという。それで、漁師はその馬の後ろに一緒に乗ったが、やがて馬は馬上の二人を乗せたまま海に飛び込んでしまう。海の底には大きな屋敷があり、屋敷の主人は床についている。漁師を連れてきた男は、漁師にある刀を見せ、見覚えがないかと訊く。それは以前、大きなアザラシに斬りつけたとき、そのアザラシが刀を突き立てられたまま、海に逃げていった、そのときのものだった。漁師がそのことを言うと、男は「それは私の父です。どうか父を助けて下さい」と懇願する。漁師は恐ろしくなって、それは医者の仕事だ、自分では無理だという。しかし、瀕死の主人もその息子も口をそろえて、「傷を癒すことができるのはその傷をつけた当人だけです。どうか、あなたのお手で、この傷を撫でて下さい」という。その通りにすると、たちまちのうちに傷は癒えた。

漁師は礼をいわれて家に送り返されるが、途中、「お願いがあります。生きている間じゅうは決してアザラシは殺さないで下さい」と頼まれる。漁師は困ったなと思いながら、ここで断ったらどんな目に遭わされるか分からないと思い、承諾し、無事に家に帰りつく。

面白いのは、その後、漁師が本当にアザラシを殺さなかったかどうかについて何の言及もないところだ。通常、型どおりの展開だとしたら、「漁師は深く反省して二度とアザラシを殺しませんでした」という教訓話か、「にもかかわらず、漁師はその場だけ言いつくろって無事に家に帰るとすぐにアザラシ猟に出かけ、再びたくさんのアザラシを獲りました。そして嵐の夜、大勢の黒い男達に海中に引きずり込まれ、二度と陸の上に上がることはありませんでした」の類の因果話かのどちらかになるだろう。型に収斂される前のプリミティヴなものなのか、それとも故意に型から逸脱させた意識的な語り部の手によるものなのか。

文中「アザラシを殺さなければ生計がたたない」というような記述も見え、少なくとも単に行き過ぎた殺生を戒めただけの話ではないことが分かる。傷を癒すことができるのはその傷を付けた当人だけ、というのも、なんとも意味深い。

私が今、横に置いて引用している本は、一九七七年刊のものだが、この本自体、大正十五年に松村武雄訳で刊行されたものの復刻版（冒頭に、「本書を何故翻刻あるいは新刻せずに刊行したかの理由」のひとつとして、編集長石井恭二氏は「感性に流されない強健で美しい日本語の文章表記・表現を、そのまま尊重すべきであると考え、あえて今様に翻刻するということをやめました」と記している)、作り手の強い信念が生きている、味わい深い内容だ。

アザラシは、当時の人々がほとんど見ることのできなかった海の底と陸を自由に行き来する。海中深く潜ったところにあるであろう国、というのは、人の心の奥深くに潜む、意識ではどうにも統御できない領域を思わせる。その深い海の底から、何かの使者のように現れるアザラシとコンタクトを持ちたい、というのは、人の心からの欲求なのだろう。そういう「乙女」と、男達が結婚したいと思うのも無理はない。

アザラシは水底の国へ。
天女は空の彼方の国へ。

いずれにしても、現実を生き抜かなければならない私たちの心が、ときに、そういう「異界からの使者」と、何とか接点を持ちたい、と希求するのはとても自然なこと

だ。いくら中原中也が、

海にいるのは、
あれは人魚ではないのです。
海にいるのは、
あれは、浪ばかり。

と、諦めようとしても。

「異界からの使者」は、もちろん、実際にはアザラシや人魚や天女である必要はない。それは単なる比喩だが、ただ、文字通り「異界」の住人である相手とは、一瞬の接触があったにしても、こういう「羽衣」型の民話に見られるように、結局それぞれの属する集団へそれぞれ帰ってゆくのが、まあ、穏当なところなのだろう。精神の、賦活化も図れて、健全な、そのバランスもまた、保たれて。

本気で「結合」を試みようとすれば、それこそ「死と再生」をかけた命がけの挑戦になるのだ。やらずにすむのならやらないに越したことはない。

それはともかく、そのときはたまたま、まさしく正真正銘、本物のアザラシだったわけだ。私がアイルランドの丘の上から出会ったのは。

アザラシの娘　3

その夜、読みかけの本を持って、B&Bのコンサバトリーへ入った。夜はカフェインに弱い質なので、ハーブティーのティーバッグ持参。備え付けのポットでお茶をつくり、一人掛けソファに座って、少し暗いフロアライトを手元に引き寄せ、本を読む。

——寒くない？

と、女主人が入ってくる。

——居間にも暖房が入っているけど。

私は大丈夫、と応える。硝子《ガラス》戸で囲まれた、温室のような空間なので、夜になると外部の闇がひたひたと感じられる代わりに、暖房が入っているとはいえ、少し冷える。

女主人は私が閉じた本の表紙にちらりと目をやり、ぱっと頰を紅潮させる。

――ペイグ！

彼女の目の輝きに少し戸惑いながら、ええ、そう、とうなずく。

――どうしてこの本を？　え？　もうケリーへ？　ブラスケット島へ行ったの？

――まだこれから。

――じゃあ、どうして？

ええと、と、私は更に戸惑い、どこから話したものだろうか、と考えながら、

――敬愛する、年老いた友人がいるのです。今は寝たきりですが。数十年前、彼女がまだ元気な、それでもすでに老いたご婦人だった頃からの知り合いです。彼女は誇り高いアイリッシュでした。今もそうですが。彼女は異国の人間である私に、アイルランドの風景の美しさをいつも話してくれました。ゲール語の豊かさについても。彼女がその昔、ダブリン大学で数学を学ぶ若い女学生だった頃、その持ち前の向学心と愛国心で（と、私は思っていますが）ゲール語の採集にアイルランドの各地へ通ったのです。この本がその頃のものとは思いませんが、彼女が、後に私にプレゼントしてくれたアイルランドの短篇集や詩集の中に、この本があったのです。幸い、英語で書かれているから、私にも読めます。この旅の間に、読み上げようと携えてきたわけです。

女主人はうなずき、

——ペイグ・セイヤース！

と小さく呟いた。

——どう思って？

——まだ、読み終わっていないので。

ああ、そうね、と女主人は再びうなずいた。私は彼女をがっかりさせたくないような気がして、

——でも、こういう、昔の生活が淡々と綴られた書物、というのは大好き。特にブラスケット島というところが……。

——そう、ブラスケット島というところが……。

女主人は、そこで私の言葉を引き取って、

——こんなに生き生きとしていたブラスケット島の島民が、すべて、ほとんど一斉にアメリカへ渡ってしまった。今では無人の、荒涼とした島になってしまった、ということを思うとね。

私は一瞬彼女の顔を見つめ直し、

——よくご存知ですね。

と言った。偶然とはいえ、なんだか誘われるようにして、このB&Bに入ってしまった、その理由が少し分かりかけてきた気がした。

——知り合いの先祖がその島の出身なの。

女主人は言葉少なに言い、

——以前、まだここに家を持つ前だけれど、ブラスケット島に行ったことがあるの。対岸の、何とか言うセンター……ブラスケット島記念館、みたいな……で、その本を見つけた。

——明るい寂しさ、みたいなものがありますね、この本には。

私が呟くと、彼女は、そうそう、と微笑み、それから私たちはペイグという、この、驚くべき記憶力の持ち主についてしばらく話した。日常の小さな悲喜こもごも、英雄譚でもなければ、有名な人物が絡んでくるわけでもない、それでも毎日はこんなにエキサイティングだ。それが、今は荒涼として、忘れ去られた島の記憶として、この薄い本の中に収められている。

そう、その本自体は、それほど厚みのあるものでも、難しそうな体裁のものでもない。が、いかにもゲール語からそのまま起こしました、というような英語で、そういう意味ではゴツゴツと読みにくい。ネイティヴなら数時間もあれば読み終わるようなものだが、私はいつものようにあちこち引っかかりながら、そしてときに本を置いて空想にふけりながら読み続けていた。

――もう、島には、本当に何も残っていないんですか。

――家の土台とかはね、まだあるけど。

吹き荒ぶ西風には、大抵のものは持ちこたえられないのだろう。その中を、亡霊のように消えたり浮かんだりする「思い出」。

今でも、昔通りのカラクで行けるのかしら、と問う私に、彼女は、まさか、と言って笑った。

カラク、というのはアイルランド西部で見られる、いや、見られた、カヌーの一種。木の枝を組み合わせた構造に、アザラシやウシなどの皮、つまり獣皮を張り、その上からコールタールを塗る。外見は真っ黒だ。

私はこの後、その西部地方、ディングルの近くの浜辺で、「昔通りのカラクを復元した」という、その実物が、小さなクジラのようにお腹をひっくり返して乾かされているのを見た。その、「昔通りのカラクを復元した」ことが、地元の小さな新聞に写真入りの記事になって載っているのを読んでいたので、散歩中、それに出会ったときすぐに分かったのだ。そのときディングルには一週間ほど滞在した。作る手順だけ書き記すと、まるでイヌイットのそれと同じようだが、カラクはオープンデッキ、いわゆる日本で「ボート」と呼ばれるものに近い。大きいものだと相当の人数が乗り込める。それで、離島への輸送や漁に使われてきた。

カラクで体験された海の記憶から、いろいろな物語が生まれた。古代のゲール人は、西の海に不老不死の楽園が在ると考えた。常若の国、だ。

――ああ、でもね、今もカラクはある。グラスファイバー製、だけれどね。

なるほど、と感心し、それから、昼間、アザラシを見たことを話した。ああ、私も見たことがある。知ってる？　ゲール人って、アザラシと仲が良かったのよ。

ええ、たぶん、知ってると思う、と私は応えた。

夜、寝床の中で潮騒の音を聞いていた。あのアザラシたちは、どこかの浜辺か岩の上で眠るのだろうか。月明かりに濡れた黒い毛皮が銀色に光っているかも知れない。ふと上げた鼻先の向こうに月が出ていて、彼らのいる場所からまっすぐ月明かりの道が、海原の上に標《しる》されているかも知れない。夜の海に月光がつくる、あの道。

天女の羽衣も、アザラシの毛皮も、いってみれば本体に付いた付属品のようなもので、本体だけでも、つまり、飛ばなくても潜らなくても、生きていけないことはない。現に彼女たちはそうできたのだから。生体としての必要最小限の機能さえあれば。けれどそれだけではまるで「生きている気がしない」人々がいる。個人の個性を決定する「何か」が、愛し育てた子供をおいていくほどの、切迫した必要性を感じさせるのだ。

空を飛ぶための、羽衣。
海中深く潜るための、毛皮。
生きるために、単に「生きる」以上の何かを必要とする人々。
アザラシの娘たち。

私は次の日そのB&Bを後にした。朝食のとき、彼女が以前の生活を捨てて、そこに住むことにした、それまでの経緯を話してくれた。それを今ここに書くことはできないが、話の中で彼女が使った、with desperate effort という言葉が、ずっと忘れられなくて、それから折に触れ、私の心に浮かんでくる。

with desperate effort
激しく希求する心。そのための、命がけの努力。

川の匂い　森の音

1

「……こうして、あてもなくぶらつくうち、急にまんまんと水をたたえて流れる川岸に出たとき、モグラは、これ以上の満足があろうかという気持ちになりました。生まれてから、まだ一度も、川を――このつやつやと光りながら、曲がりくねり、もりもりとふとった川という生きものを見たことがなかったのです。―略―モグラはもうすっかり、魔法にかけられたようにうっとりとなり、我を忘れました。そして、よく小さな子どもが、手に汗をにぎるようなお話をしてくれる人のあとを追って歩くように、川岸を、とことこついてまわりました。そして、とうとうくたびれて、岸に座り込んでしまいますと、川は、相も変わらず、にぎやかに話しかけながら、そばを流れていきました。さて、その話というのは、川がずっと山の奥から持ってきて、これから、あの飽きることを知らない海にきかせようという、世界一おもしろいお話なのです。……」

——ケネス・グレーアム『たのしい川べ』

確かに、水辺の遊びの楽しさを認識するDNAというのはあるかも知れない。そしてそのDNAは日本人より欧米人に多く伝わってきているのかも知れない。

まだ学生で、英国にいた頃、水曜日の午後は、隣に住んでいたアイリッシュのおばあさん、サリーの所へお茶をよばれるのが日課だった。英国人のことを理解するには、彼らの血肉になっている、シェイクスピアに聖書にマザーグース、この三つがどういうときに引用されてもピンとくるように精通しておくこと、というのが、当時の私の課題(?)の一つだったので(結局その三つとも、自分の「血肉」になったとは到底言えない状態なのだが)、お茶を飲みながら、サリーは私の野望を助けようと、その三つのうちどれかを少し私に朗読させ、彼女がそれについて面白い思い出を話したり、おかしな発音を直してくれたりということをしていた。そういうある日の午後、マザーグースより、こっちの方が面白いかもしれない、英国人の血肉、という意味では同じくらい重要だし、と彼女が手渡してくれたのが、『The Wind in the Willows』(邦題『たのしい川べ』だった。私がそれを声に出して読んでいる間中、サリーは本当に満ち足りて楽しそうで、くすくす笑ったり、微笑んでうなずいたりしているのだった。サリーは、今はもう寝たきりになってしまって、私が行っても、嬉しそうに目を輝かせるのだが、本当に私と認識しているのかは分からない。それでも、最後に行ったとき、私がふと思い出し、あの頃のようにこの本を読むと、彼女はやはり、同じ箇所で同じようにくすくす楽しそうに笑うのだ……。

先日、念願の北海道の川へ行くことができた。その心躍る楽しい経験の間中、繰り返し私の脳裏に去来していたのが、この本の文章だった。

北海道の川へ、カヤックに行きたい、というのは去年から言っていたのだが、年明け刊行のはずの拙著が、三月、六月、と、どんどん先送りされ（つまり、なかなか書き進められなかったのだ）、ほとんど九月の声を聞く頃、それはようやく、本という体裁をとって世の中に現れた。追い込みの激しかったこの夏（脱稿した後も、校了寸前まで可能な限り手を入れていたので）、カヤックは全くできなかった。それどころか、もう当分何も書けない、というような気分だったのに、それでも因果なもので、しばらくするとまた何となく新しいものが書けそうな気がしてくる（この、「何となく書けそうな気がする」と「本当に書き上げる」との間には、地球を数十周するほどの隔たりがあるということに、最近ようやく気がついてきたのだが）。

少しエネルギーも戻ってきて、戻ってくるとカヤックもやりたくなり、よし、今度こそ、と決意し、カヤック初心者の編集・Kさんと共に北海道へ向かったのだ。

――カヤック、というと、なんだかすっごいアクティヴな、危険なスポーツのような気がして。

というのが、Kさんのカヤックイメージ。そのせいで、彼女は今まで私が勧めても、あまり気乗りがしないようだったのだ。アクティヴなカヤック……ええ、確かにそういうものがあることも承知しているけれど、私にそんな運動神経や体力はありませんよ。

――ええ、このエッセイを読んできて、それはなんとなく、分かりましたが……。

よし、と私は密かに願う。何としてでもKさんに水辺の遊びの楽しさに目覚めてもらいたい。肝心の担当すらその気にさせられないエッセイなんて、何の力もないのと同じ事ではないか……。

今回北海道でお世話になったMさんは、私が北海道の自然環境について調べ始めた頃ずいぶん参考にさせてもらった雑誌、『RISE』の編集に長年深く関わってこられた方だ。

その日、前日のぐずついた天候は嘘のようで、Mさんの声かけで、小樽在住のSさんとそのご子息、小学校五年生のたっちゃんが一緒に余市川で遊んでくれることになった。たっちゃんはこの日、初めて一人でボートに挑戦。Sさんの少し心配そうな様子と、白く泡立つ瀬にも果敢にトライする、たっちゃんの、いかにも成長期の「小さな人」らしい健気さになんだかじんとする。私たちがボートの組み立てに時間をとっているときも、文句も言わずに一人で川を遡ってきた鮭を見つけたり、黙って遊んでいたり、大事なところで手伝ってくれたりしていた。そして、ようやく、待ちに待った出発。Kさんもにこにこ嬉しそう。

実際、初めてのカヌー体験というのが、北海道の余市川だったなんて、Kさんはなんて恵まれたカヌー人生のスタートを切ったことだろう。

「……そして、次の瞬間、モグラは、自分がちゃんと、本物のボートのともに座っているのに気がついて、びっくりしたり、喜んだりしたのでした。—略—『君、知ってる？　ぼく、今まで一度も、ボートに乗ったことなかったんだ。』

『なんだって？』と、ネズミは、口をぽかんとあけて、叫びました。『今まで一度も——君は今まで——ふうん、——じゃ、いったい、君は、今までずっとなにをしてきたの？』」


ちょっと緊張気味だったKさんの表情が、川風に吹かれて、また後ろで操船して下さるSさんのおかげで、だんだん変化してくるのが楽しい。私もすっかり幸せな気分。


「『ボートって、そんなにいいものかい？』」

モグラは、少し恥ずかしそうに、ききました。

けれども、そんなことは、きくまでもなく—略—ゆるやかにボートにゆられていれば、すぐわかることです。

『いいものかって？　君、ボートのほかに、いいものなんて、ありはしないよ。』

ネズミは、体をぐっと前へかがめ、櫂《かい》を使いながら、まじめな顔で言いました。—略—『ねえ、君、ほんとに、けさ、何もすることがないんなら、いっしょに川を下って、一日ゆっくり、あそんでいかないか?』

〔それを聞いて〕モグラは、ただもう嬉しくって、足の指をもじもじ動かしたり、満足のため息で胸をふくらませたりしながら、いかにもしあわせそうに、やわらかいクッションにぐったりもたれかかっていました。

『なんてすばらしい日なんだ。……』


川の両岸は、すっかり秋景色。イタヤカエデは透き通るようなレモンイエロー。木々の間で目立つのは、エゾヤマザクラの少し黄味の勝った明るい朱色。燃えるような真紅はハウチワカエデ、ヤマブドウ。岸辺には丈高いヤナギの仲間が、ほっそりと群れて立つ。風は葉の一枚一枚をそよがせながら、日の光を煌《きら》めかして吹き渡る。乾燥した空気の移動が、風としてそこここに感じられ、

――ああ、なんて気持ちいいんだろう。

と、思わず呟く。川のあちこちに、白い瀬が出てくるけれど、操船は後ろに乗るMさんが担当(これは本来の私の流儀には反するものだけれど、ここでかえってご面倒をおかけする仕儀になっても申し訳なく、粛々とご指示に従ったわけだが、これが、なんと気楽で、楽しい体験となったことか!)、けれど、せっかく持ってきたパドルは

使いたいので、邪魔にならないところでは漕がせてもらう。このパドルは、「羽のように軽い」と、Bカヌーセンターの K氏に勧められたもの。この日、使うのが初めてで、それもワクワクすることの一つだったのだが、本当に羽のよう。申し分のない一日！

「……川は追いかけたり、くすくす笑ったり、ゴブリ、音を立てて、何かをつかむかと思えば、声高く笑ってそれを手放し、またすぐほかの遊び相手に飛びかかっていったりしました。すると、相手の方でも、川の手をすりぬけて逃げ出しておきながら、またまたつかまったりするのです。川全体が、動いて、ふるえて——きらめき、光り、輝き、ざわめき、うずまき、ささやき、泡立っていました。……」

ゆるやかに蛇行しながら流れる川の前方、カモの仲間が群れになって飛び立ち、それが上空で身を翻すたび、羽の角度の関係なのだろう、日の光を浴びて、群れ全体が一瞬消えてしまったり、また現れたりした。そしてあるところでは、ヤマセミのつがいが、突然飛び立って、前方の木に留まってくれていた。まさかここでヤマセミが見られるとは。あまりにも意外で、後ろでMさんの、あ、ヤマセミですね、と言う声がなかったらわからなかっただろう。ヤマセミは九州霧島の渓谷で初めて見たのが最後になっていた。ハトほどの大きさで、ハードロッカーのように頭の上で羽毛を逆立てた、一度見たら忘れられないユーモラスな格好。

やがてカヤックの横や前方を、背びれをたててサケが遡上してゆく。Kさんもそれに気づき、見つめている様子なので、彼女の前方で、アオサギが優雅に羽を広げて川を横切っていったのを、教え損ねる。サケの方は、敏捷とはとても言えない泳ぎ。触ろうと思えばいつでも触れる。けれどすっかり満身創痍、ふらふらと気力だけで泳いでいる、というその気迫には圧倒されるものがあり、手を出すなんて、とんでもない話だった。敬意を表して、黙って見守る。そういえば、ここに来るまでの間にも、あそこはたぶん、サケの産卵所、サケが川底を掘り返した跡、と教えてもらったところがあった。

――この時期になると、サケは、顔つきまでまるで変わってしまう。なんか、凄まじい感じで。歯なんか、尖ってて手も入れられない。産卵が終わったあとも、死ぬまでそこにいるんです。カラスなんかがやってきて、目玉くりぬかれても、そこを動こうとしない。

そういうサケの死骸は、岸辺を漂い、途中で分解されてゆくものもあれば、結局また河口へ戻りつき、ふたたび海へ流れてゆくものもあるのだろう。

やがて、（残念なことに）上陸地点に近づいて、出発前、MさんとSさんがいっしょにそこに車を置きに行って帰ってきたとき言っていたことがよく分かった。下流は、大変なことになっていますよ……。

梁《やな》が設置されていて、川が堰《せ》き止められ、昇ってくるサケが、押し合いへし合い揺られている満員電車の車内のように、そこでストップしている。そして仕掛けられた檻の中へ入っていくのだ。サケは、必死の形相。入り込んだ檻に沿って、反り返るように激しい勢いで昇り上がるものもある。もう、傷だらけだ。

この切ないぐらいの圧倒的な衝動が、切実さが、見ている方にも伝わってきて息苦しいほどだ。うわ……と言ったきり、絶句している私たちに、

――これ見てると、なんか、仕掛けた漁協の人たちがとんでもなく非情に思えますけど。

と、Mさんが呟く。

――でも、稚魚の放流に至るまで、膨大なコストがかかっているんですよね（みんな、生活しないといけないわけだし）。

それから、

——でも、どっか、少しぐらい開けてやれよう、って気になりますよね。

とそっと付け足した。

私は思わず下を向いて微笑んで、ああ、こういうバランスの感じがMさんだなあ、と内心でうなずく。

Mさんの今の仕事の一つに、インタビュアーというものがある。それから、自然に携わる人々の、聞き書き、のようなことも。自然と関わる仕事をしている方々は、大抵口下手だ。言葉を使わぬ自然を相手にして、饒舌である必要はないから。けれど、世の中の人に、もっと自然に対して開かれてもらいたい、しかもそれが、エゴイスティックでとんちんかんな開かれ方でなく、できうる限り人為的な影響のない自然の存続と折り合うような形で、そしてアウトドアに浸る喜びをも知ってもらいたい、と思うとき、やはり、双方の間を橋渡しするような、一種の「通訳」、「コーディネーター」が必要になる。簡単に言えば、Mさんの仕事のコンセプトはそういうところにあるのだろう。自然と人間の間の。見つめている方向の違う「人」と「人」の間の。「民」と「官」の間の。

は。

——この、なんて言うんだろう、次世代に繋げたい、っていう衝動。

私はサケの勢いに圧倒されながら呟く。

——でも、どこか、抜け道があるはずなんですよね、上流にあれだけいたってことは。

Kさんが不思議そうに言う。

そうだよね、あそこだろうか、ここだろうか、と、私たちは可能性のありそうなところを探し始める。

川幅いっぱいに設置された梁のトタン板（のようなもの）は、（サケたちにとっては）そそり立つ壁のようで、一見すると、それをかいくぐって上流に進むなんてこと、全く不可能に見える。

——でも、ほら、あそこ。

Kさんが指をさしたところは、その垂直に立てられているトタン板（？）が上流側に少し傾《かし》いでいる一ヶ所。

——もしかしてあそこを乗り越えて。

けれど、それを成功させるためには、サケにはほとんど、岩の上に乗り上げて更に無防備に前進し続ける、ぐらいの負担が掛かる。

——ああ、なるほど。そうですね、可能性は、あるかも、しれないけれど……。

私は半信半疑。ほとんど横、数列、前進を堰き止められ、更に次から次、互いが互いの上に乗り上げるようにパニック状態にあるサケたちだ、この広い川幅の、たった一ヶ所、小さな小さな一ヶ所を、どうやって見つけるというのだろう。

その梁の少し手前に、細い水路があり、サケはそこにも入り込んできている。たっちゃんが、何気なくその中の一匹の尻尾をつかまえ、そしておそるおそる、持ち上げてみる。大きい！　すごい！　と私たちは歓声を上げる。この一瞬の間に、たっちゃんはもう、その「技」を自分のものにした（らしい）。写真を撮りたい、という私のリクエストに応えて、余裕綽々の笑顔でサケを持ち上げてみせる。サケは、おっとっと、という感じで身をくねらせる。ところどころ、金色になったサケの鱗が日の光に煌《きら》めく。

Kさんが、

——ほら、あそこ、乗り越えましたよ、今。

と、声を弾ませる。サケが、あの傾いだ一ヶ所を、乗り越えていったのだ。

——本当。あ、また。

僅かな可能性にかけて、何の迷いもなく、サケが進んでゆく。無防備にも全身を大気に晒しながら。

薄青の空はどこまでも高くて、その中を雲がゆったり、流れてゆく。

煌めいているのは、いのち。

人もサケも。

鳥も木々も、川も。

川の匂い　森の音　2

——空知川《そらちがわ》って、難しそう……難しい川ですか、やっぱり。

私が数日後訪れる予定の東大演習林を地図で確認しながら、ふと目についた、その演習林の中を走る川の名前を呟くと、

——空知川はとてもいい川ですよ、うん、そうだ、空知川、行きましょうか。

と、Mさんはまるで何でもないことのように請け合って、突然降って湧いた幸運に半信半疑の（そして多少怖じ気づいている）私にうなずくのだった。

けれど、Kさんは諸般の事情で帰ることになっていた。いっしょに行こうよ、と勧めてはみても、やはり初めにたてたスケジュールは貫徹させたい、という性分なのだろう、彼女は首を縦に振らなかった。そういうやりとりが事前にあったので、実際余

市川に繰り出し、彼女が川下りを満喫している様子を目にするたび、Mさんは、

——いやー、残念だなあ、本当に今夜、帰っちゃうんですか、Kさんは。

と、翻意を唆《そその》かすように明るく声をかけ、可哀想なKさんを葛藤の裡《うち》に陥れるのだった。

その余市川の川旅の最後に、何だかすごく豪放な魚屋さんの二階にある、リーズナブルでおいしい食堂へ行った。ウニやらカニやらイクラやらすっかり堪能したあと、空知川に対する私の不安を払拭させる目的もあったのだろう、

——空知川は水質がとてもいいいんです。本当にきれいですよ。そんな危ない川じゃない、だいじょうぶ。

と、Mさんが何気なく翌日の説明をすると、そのとき少し離れていたたっちゃんが、すっと近づいてきて、

——俊ちゃん、空知川って、去年、俊ちゃんがひっくり返ったあの川だよね。

と、無邪気に確認する。俊ちゃんことMさんは一瞬絶句するが、動揺はおくびにも出さず、

——ああ、あのときはね、ちょっと油断したんですよ、うん。

私は思わず吹き出して、

——たっちゃんは、本当に適切なときに適切な情報をくれるなあ。

と感嘆する。彼は決しておしゃべりさんではないけれど、例えば、私の帽子にカメムシが這っている、と素早く警告してくれるなど、必要な情報を適宜入れてくれていたのだ。何となく一歩引いて、自然に全体の流れに目を配ることのできる人たちがいる。きっとそのまま、そういう大人になるのだろう。

実は前日行くはずだった美々川《びびがわ》は、天候が勝れず、カヤッキングは諦めて、車の中から案内していただいて終わった。支笏湖、ウトナイ湖へと続くドライヴの車中では、カヤックにまつわる臨場感あふれる話もいっぱい聞けたし、天気予報では、強風、と出ていたので、私もカヤッキングは半分諦めていたのだけど、それでも道路から見え隠れする、テムズの上流域を思わせる美しい美々川の流れを目にすると、つい、ああ、漕ぎたかったなあ、と、ため息と共に愚痴が出る（だってこれだけ私の側の条件に合った川なんて、そうそうあるものではない。美々川の特集の載っている『ＲＩＳＥ』誌を、抱きしめるようにしてやってきたのだ……）。私の落胆は、きっと、傍目からも分かるぐらいだったに違いない（分かるも何も、今思えば、四六時中残念がっていたような気もする。大人げないことだ）。空知川へ誘ってくださったのも、きっとその辺りを見るに見かねて、の配慮があったのだ。

Sさん親子と別れ、余市から札幌方面へ帰る道中は、ほとんど海岸線。窓の向こうに広がるのは石狩湾。風景は次第に後方からの夕焼けに染め上げられてきた。ふと気づいたときは空も海もまるで同じ色、道路に車外に山までが。誰からともなく感嘆の声を上げ、こんな色って、と呆然とした。

空気中の粒子がすべて、この夕焼けの色を映している。薔薇色ともセピア色ともつかない、靄《もや》のような不思議な朱色。光源すらもう、どこでもよく、粒子そのものの内側から滲んでくるような、不思議な明るさ。

どう表現すればいいのか、と、ぼんやりする。しばらく考えて、諦める。

そう、前線の移動とか、遠くで発生した低気圧とか高気圧とか、嵐の前とか後とか、複雑に絡み合った条件の結果、信じられないような美しい気象に遭遇することがあるように、人生には突然何の脈絡もなく、さあ、存分に解釈してくださいと言わんばかり、信じられないような偶然が発生することがある。そんな罠のような一瞬。

翌日も快晴。迎えに来ていただいた車で、札幌近郊から空知川へ向かう。途中の紅葉が目にしみるよう。富良野市のコンビニの駐車場で、この日おつきあいくださるメンバーに出会う。

――彼は、Mｔ君、「かわうそくらぶ」の会長です。

と、Mさんが紹介してくれたMｔ君、その従兄弟のT君、お友達のK君は、それぞれ立派な社会人なので、きちんと「さん」付けで呼ばなければ失礼だと思うのだが、一見皆学生のように若々しく爽やか（私は最初、本当に学生さんだと思ったほどだ）、さん付けで表記してしまうとその軽やかな青年らしさが消えてしまうような気がするので、年長者の我が儘と許してもらって、このエッセイの中だけでは「君」付けで呼ばせてもらおう。

そのときの紹介文句の、かわうそ、という言葉に内心引っかかった。カワウソなら、拙著に何度か登場してもらっていたので、ちょっと他人とは思えない。確かに彼らは、すらりとして、脂っ気のない（Mｔ君に関して言えばこれは彼の「食事制限」のせいでもある）「水辺の生きもの」のようではあるけれど。「かわうそくらぶ」というのは純粋に川遊びを目的とした集団、後で聞けば聞くほど、何とも大真面目で妙に脱力したおかしみのある「くらぶ」で、吹き出すやら呆れるやら感心するやら。話を聞いているだけで何だかうきうき元気になる。

けれど、そのときはまだ、何の事やら全体像をよく摑めていなかったので、空知川を下り始め、前を行くボートから、突然Mt君が川に飛び込んで泳ぎ始めたときは本当にびっくりした。でもMさんは驚く様子もなく、

——あ、やっぱり。ラマダン中だから、ちょっと今日はやめとくかも、って言ってたのに。

Mt君は別にムスリムでもない。この清々しくもしんみりする「食事制限」についてはまた、述べる機会があるかと思うが、その前も、彼が流れを見つめて、ボートの上から考え込むようなふうであったのを、Mさんが、

——Mt君は今、不満なんですよ。今の場所が、どうも思ったほど水深がなかったようで。

と、実況解説してくれても、まさかそんな、と思っていたのだ。

ここは北海道、盆地の富良野、空知川の水はただでさえ冷たい山の湧き水を集めたもの、そして時期は十月の後半に差し掛かろうという頃。後で知ったが、この日、雪虫が飛んでいる。そういう条件をものともせず、半袖のウェットスーツを着ただけのMt君が、オフィーリアのように水面を流れてゆく……。完璧な自足のうちにあって幸せそうだ。

そして、目を丸くしている私の近くにすっと泳ぎ寄って、

——カヌーみたいなものもね、本当はなくったっていいんです。こうやって川に浸ることができれば……。あるからこうやって、時々乗ったりもするけど。

「ボートは、どしんと、勢いよく岸にぶつかり、夢を見ていた、楽しい漕ぎ手は、両足を空中にもちあげて、ボートの底に転がっていました。

『ボートに乗って——でなけりゃ、ボートと一緒に、』ネズミは、おもしろそうに笑いながら、起きあがると、落ち着いて話し続けました。『ボートの中にいるか、外にいるかなんてことは、問題じゃない。どうでもいいんだ。そこが、いいとこなんだよ。どこかへ出かけようが、出かけまいが、目的地へ着こうが、ほかの所へ行ってしまおうが、それともまた、どこへも着くまいが、僕らは、いつもいそがしい。—略—そして、一つのことをやってしまうと、また、なにかやることがある。だから、それをやりたきゃ、やるもいいさ。だけど、やらないほうが、まだいい。……』」

——『たのしい川べ』

途中の川原で上陸し、私がぼうっとしている間、彼らはあっというまに焚き付けにする小枝やら薪にする大枝やら集めてきて、まあ、その手早いこと手早いこと、あっというまに暖かい火が燃え上がった。

——彼らは焚き火にはうるさいんです。キャンプファイヤーみたいに井桁には組まない、とか、人の焚き火に手を出さない、とかいう不文律があって。

と、Mさんが説明する。

——焚き火って、燃やす枝のちょっとしたバランスの取り具合だとか、一つ一つの特徴だとか、今どの段階だとか、担当している本人にしか分からない微妙な感じ、っていうのがあるから、途中で横から、勝手に枯れ枝突っ込んだりなんかしてはならない、やってる本人に敬意を表して、存分に熱中させよう、っていう思いやりの規則なんです。

ああ、それはよく分かる、と思う。九州の山小屋が薪ストーヴなので、私も火の熾《おこ》し方には一家言ある。確かに自分で熾した火は、誰にも触って欲しくない気がするものだ。今のこの火のことは、私にしか分からない、という、妙な自負と軽くぴりぴりした緊張感みたいなものに取り憑かれてしまう。

——だから、「うんうん、今のこの状態は美しいぞ」、って、本人が悦に入っているのを邪魔してはいけない、思いっきり満足感に浸らせてやろう、っていう……。

それは確かに思いやりだ。

焚き火の前に立った、彼らのウェットスーツからもうもうと煙のように水蒸気が出始めて、それは思わず口をあんぐり開けて見つめてしまうほどの奇観だった。特にT君のスーツの、「煙」の出具合といったら。寒いのだ、やっぱり。かわいそうに、と思いつつも、あまりの「煙」に目が離せない。燃えるのでは、と心配すると、燃える前には、熱い、と感じますから、という返事。それはそうだろうけれど……。「煙」の出具合が一応収まると、くるっと後ろを向いて、今度は背中側。裏表まんべんなく。改めてまたもうもうと「煙」が出るので、すごいなあ、とまた目が釘付け。反対に、寒くないですか、と気を遣っていただくが、私は全然。なぜなら「これ着てください」と着いてすぐ手渡されたのがドライスーツ。その上にパドリングジャケットを着て、帽子、パドリング用の手袋、足元は以前、Bカヌーセンターの女性スタッフ、Tさんと二人、ごそごそと「私のサイズに合った靴下様のパドリングシューズ代わりになるもの（パドリングシューズが苦手だったので）」を探して、商品のストックの山を掻き分けていたとき、奇跡のように見つけた（たぶん子供用の何かだったのだろう）足袋みたいなもの、それに貸してもらったゴム長靴、という完全装備。その上から、Mt君が、念には念を入れて、という細心さで厳《おごそ》かに救命具を装着してくれ、まるでお姫様のようではないか、と一瞬感激したが、これは「認知の歪み」というもので、正確には彼らの「敬老の精神」から自然に出た行動。まあ、「いたわられていた」のだ（にしては、Ｍｔ君が、「これで落っことしても大丈夫」と小さく呟いたのが多少気に掛かってはいるが）。

けれど、私も「体験の言語化」にほとんど命をかけている身、だから落ちたってそれはそれで望むところ、というようなことを、言ったとは思うが、あまりおおっぴらに見得を切って、本当にそうなるのもちょっと怖い。一番いいのは「避けきれぬ状況」に陥って、仕方なく、という必然性が発生することなのだ……。

幸か不幸かそういう「避けきれぬ状況」は発生せず、私は一度も緊張もせずアドレナリンを出すこともなく、ただただ深山幽谷の清流を贅沢に味わわせていただいたのだけれど。

焚き火の終わった後の始末も見事で、あっというまに河原はもとの、自然の状態に戻った。こういうのは、何気ないようでいて、すごくセンシティヴなことだと思う。

それにしても、その川旅の間中、絶えず流れていたあの森の奥からの便りのような芳香といったら。落ち葉が日の光に乾いてゆく、カサカサと清潔で幸福な甘さ。あるいはもっと具体的にカツラの木の匂い、それに揮発性の成分が勝ったような針葉樹の匂い、または何かの実が落ちて少しずつ発酵してゆく少し疲れたような甘さ、それからキノコが発生して、そしてまた腐葉土に溶けて戻っていくような、そういう複雑な過程も織り込まれた……。

川が通過してゆく森の、その場所ごとに、その匂いが少しずつ異なり、それぞれ澄んだ空気のその上に、供せられるように運ばれてくる。川筋はまた、森の中を縫うように吹いてきた空気の流れの寄ってくるところでもあるのだろう。語られるのは森の由来と履歴。

――ああ、これは秋の香りだ。

――この季節特有ですか?

――そうですね、秋の山の匂いですね。他の季節ではしませんね。

「……川の光やさざなみや、においや音や日の光に酔ったようになり―略―『あ、しつれい。君、今、なんていったっけ?』と、モグラは、やっと我に返って、言いました。『人の話も聞いてないで、ずいぶん不作法なやつだと思うだろう。でも、今日、僕は、何もかもが、珍しくてしかたがないんだ。すると、つまり――こういうのが、川なんだね?』

『こういうのが、でなくて、これこそは川なんだよ。』と、ネズミは訂正しました。

……」

前方の大きな岩の上に、Mt君がよじ登って、飛び込もうかどうか思案している様子。諦めて、またボートに戻る。彼らはインフレータブルのボートに、座席を取り付けずに使っているので、ほとんど筏のよう。これだとどっちが前になっても後ろになってもOKで、飛び込んだり乗ったり自由自在。乗ってる間はT君と二人、従兄弟同士、向かい合ってあぐらをかき、しみじみ見つめ合うように語り合っている。二人とも三十代半ば。不思議な光景。

――仲のいい従兄弟たちだなあ。

と、Mさんも（面白がるような不審がるような）感嘆の声を上げる。

K君はずっと、後ろの方で距離を取りながら漕いでいる。いろいろ慮ってくださってのことだろうと感謝しながら、ときどき後ろを向いて彼の姿を確認する。

私がのんびり「匂い」を満喫している間も、後ろでMさんが前方の「音」に集中しているのが分かる。瀬を奔る水音の大きさとか、勢いとか。Mt君もボートの上で膝立ちになって孫悟空のように（MさんがMt君のことを、「空知川を熟知している」と紹介してくださったけれど、川にいる彼には本当に何だか孫悟空のような「自由自在」感があって、見ているこちらの気持ちまで解放されてゆくようなのだ）前方に目を凝らしている。安全なコースを見定めるため。川は生きもの。その時々の条件によって様相が変わる。

そうやって次々と現れる「瀬」を（Mさんが）乗り越えて、笑いさざめき走り去るようだった川の流れも少し穏やかになる。

遠くに見えるのは芦別岳。それまで見分けのつきにくかった空と山の色が、だんだんに稜線をはっきりさせてくる。

——日が傾いて、光線の角度が変わると、木々の感じがまた違って見えませんか。

本当に、いっそう陰影が深まってくるように見える。

——盆地だから、ここらへんは日が落ちるのが早いね。

と、Mさんたちが話しているのが、残念のような寂しいような。

上陸して男の子たちが着替えている間、手持ちぶさただったので近くの植生を見ていたら（ほんの路傍の植物でも、フキやイタドリやオオバコの、その大きなことといったら）、その間をすっと駆け抜けた小さなものがいた。まさか、と思ってしばらく目を凝らしたが、それはもう出てきそうもなかった。ネズミ？　まさか、でも……。

ありうることだ。……ネズミ！　その昔、サリーの暖炉の前で、そもそも私に川遊びの何たるかを教えてくれた、懐かしのネズミ！　物語が立ち上がる瞬間に出会う奇跡、その光栄に浴した、この一瞬もまた宝箱の中にしまっておこう。

「『ネズミ君、君は気持ちが大きい！―略―君、今度だけ大目に見て、僕を許してくれる？　そして、またもとどおりにつきあってくれる？』『そんなこと、だいじょうぶなんだよ、君！』と、ネズミは元気に答えました。『川ネズミが、少しぐらいぬれたって、それがなんだというんだね？　僕はいつも、水の外にいるより、入ってるときの方が多いんだ。もうそんなことを考えるのは、よしたまえよ。それからね、君！―略―僕、君に漕ぎ方や、泳ぎを教えてあげるよ。そうすれば、君は、すぐ、僕たちに負けないくらい、水の上で何でもできるようになるよ。』モグラは、ネズミの、この優しい言葉に感激して、返事もできませんでした。そして、前足の甲で、涙を一粒二粒、払い落とさなくてはなりませんでしたが、ネズミは、気をきかして、ほかを見ていました。……」

――あ、ネズミ！

美々川がウトナイ湖へと注ぐ場所に、野鳥観察所がある。前に書いたように、この旅行の初日、美々川を車で案内していただき、その終点として、その観察所で充実した時間を過ごした。出てくるとき、その森の中に生えてきたような観察所の前の、崩れかけたような石垣を指して、Mさんが素早くそう言った。

——え？　ネズミ？

——そこ、ネズミが今、走ったんですよ。静かにしていたら、きっとまた……。

それで私たちは、しばらく息を凝らして石垣の辺りをじっと見つめていた。すると、崩れかけた石の一つ、その奥へつながる穴のような所を、小さなネズミが落ち着き払って駆けてゆく、その後ろ姿のぽったりしたおしりを、私は確かに目撃した。

——あ、いた！　ネズミ！

——見ましたか？

——見ました、確かに。

これ以上の吉兆があろうか、私はこっそりほくそ笑み、翌日からの川旅の祝福を与えられたと、密かに我が身の幸運を、すでにこのとき、確信していたのだった。

川の匂い 森の音 3

樹木なら、広葉樹が好きだった。その懐の深いイメージに較べ、針葉樹は何となく、狭量な感じがしていた。

それでもカラマツの林を歩く清々しさや、以前コネチカットの友人の別荘を訪ねたときの、その小屋がトウヒの林の中にあって、「精神性の高い気分の良さ」に感激した経験、翻訳物の本を読んでいるときの、北国のトウヒやエゾマツの描写にはとても心惹かれるものがあったので、「それほど親しくはないけれども、向こうさえ接近してくれれば仲良くなれそうな気がしないでもない」グループではあった。

なぜだろう。例えばブナと違って、針葉樹には、人を受け容れるイメージが持てない。かといって、激しく拒絶されている、というわけでもないのだが、彼（彼女）らには心ここにあらず、という雰囲気があるのだ（その点広葉樹は、例えばクヌギなんかはいつもこっちに向かって、ねえねえ、カブトムシ、欲しいんだろ？　ドングリ、待ってるんだろ？　と、好奇心いっぱいで関わってくるような気がする）。

　けれど、今回、北海道の東大演習林でアカエゾマツやエゾマツ、トドマツが、生まれて二、三年の姿で播《は》種床《しゅどこ》に植えられているのを見たときから、少し印象が変わりつつある。発芽からすでに二年たっているにも拘わらずスギナぐらいの大きさしかないこと、三年たっているのにも拘わらず鉛筆ほどの太さも長さもないこと、は、新鮮な驚きだった。

　三十年が過ぎても、町で売っている一番小さなクリスマスツリー（四、五十センチ？）ほど。更に八十年がたっても、小学校低学年ほどの背丈しかない。それが、薄暗い森の中で、何かの偶然か必然で周囲の大きな木が倒れ、さっと日が差すようになるやいなや、どんどん成長してしまうのだ。個体の中に流れている時間のスパンが、動物のそれとはどこか決定的に違う、という気がする。

　私が具体的に知りたかったことの一つは、戦後まもなくヨーロッパカラマツとニホンカラマツの間に生まれたはずの種間雑種のその後。その当時の北大の教授が、北欧に研修旅行に行った折りのエッセイを、去年札幌の古本屋で見つけ、この雑種は病害虫に強くしかも成長も早いことが見込めるが、数十年たたないとその成果は分からない、とさりげなく記してあったのを読み、その結果が知りたくてたまらなくなったのだ。それから数十年どころか半世紀は経っていることだし。

　初日、森を案内してくださったのは講師の後藤先生（以下後藤さん、と表記）。樹木園の前庭には見本林のように各種カラマツが生えていた。カラマツだけではなく、キノコのイグチの仲間も多数生えており、最近菌類が気になって仕方がない私は、喜び勇んで何枚も写真を撮った。播種床等の説明も興味深かったし、雑種カラマツも無事生き延びていることを知り、美しい秋の園内を大満足で歩いて、その後ジープに乗せてもらい、森に向かったのだった。

　あれは天然林を歩いているときだったか。

　深々とした静けさの中を、頭上高くざわざわざわと風が吹き渡ってゆく。ざわざわざざざざ、ざわざわざざざざ……。あ、山鳴らしだ、と思う。

　――どこかに、ヤマナラシ、がいますか？

　――え、ああ、そうですね。あそこに。

と言って後藤さんが指された方角を見ると、エゾマツ、トドマツの針葉樹に混じって、ぽつんとそこだけ少し明るく、ヤマナラシの木が立っていた。見上げると葉の一枚一枚、子どもが喜んで手を振っているようにひらめいている。

それからしばらく行くと、

——あれはドロノキですね。シラカンバに似ているけれども、幹の色が沈んでいる。シラカンバって、ひかりもの、って感じがあるでしょう。

確かに。ドロノキの仲間も好きだ。なかでもギンドロは、ほとんど崇拝していると言っていいほど好きな木。でも関東以南ではあまり見ない。ギンドロに会うことだけを目的に出かけたことも、幾度となくある。ギンドロの葉裏は白銀色に「裏起毛」されていて、風に吹かれている様子は表裏が煌《きら》めいて見とれるぐらいにメタリック。広葉樹でありながら、なんとも無機質な感じがある。

ギンドロもドロノキもヤマナラシも、みなヤナギ科ハコヤナギ属。ハコヤナギ属は好きな樹種だ。彼らもまた、「森の音」を構成する。


二日目を案内してくださったのは林長の酒井秀夫教授（以下、酒井さんと表記）。前日カナダのアルゴンキン視察から帰国されたばかりと聞き、お疲れのところを、と恐縮しながらも、アルゴンキンは私が初めてカヤックに乗ったところ、思い入れのある土地なので、その偶然を喜ぶ。私のときは、アルゴンキンの中のロッジに泊まったんですが、楽しみにしていたオオカミの遠吠えは時季外れだったようで聞けなくて……お聞きになりましたか？　ムースは、現れましたか？　矢継ぎ早の質問にも酒井さんはにこにこと一つ一つ丁寧に返答してくださる。そうそう、私はこの北海道の紅葉を見て、実はずっとアルゴンキンのそれを思い出していたのだ。本州の、例えば京都周辺の、情念あふれる紅葉と違い、透き通った明るさのある、高みへ突き抜けた独特の美しさ。

——私が行ったときも時期は今頃で、紅葉がきれいでした。

——今回は雨続きで……。

それは本当に残念。まったく天候だけはどうにもならない。晴れていたり、雨が降っていたり、そのどれも私は好きだが、それでも目的のある旅にはその目的を十全にかなえてくれる天候であって欲しいと思う。

後藤さんと回っているとき、そしてその前にMさんと札幌近郊から空知方面に向かうときからすでにそうだったのだが、この数日の紅葉といったら尋常ならざるものがあった。旅行者である私だけでなく、地元の彼らも皆、この紅葉は例年になく素晴らしい、と感嘆していたのだから、私が幸運だったことは間違いない。思わず目を瞠るような美しさに幾度となくジープが止まった。

エゾヤマザクラの澄明な赤、ハウチワカエデの真紅、カツラやイタヤカエデの日の光を集めたような黄色、そして要所要所を締めるトドマツの深い緑。同じ種類でも環境条件によって全く同じではない。この紅葉の繊細な美しさは、一本一本の木の、その個体差が集合して輝いて見えるところにある。

おしなべて人の世もそうであろうのに。


興味深い説明を伺いながら、ジープで左手に沢を望みつつ、森の中をずいぶん走った、と思われる頃、車が止まり、促されるまま外へ出る。空気が、何というか、清冽《せいれつ》そのもの。思わず何度も吸ってみる。過呼吸を起こしそうなぐらい。

右手の斜面を覆う色鮮やかな苔の上を、あちこちから水が湧いて流れている。うっとりしていると、

——これが西達布《にしたつぷ》川《がわ》の本流になります。

長靴で入るのも躊躇われるぐらいの完全な清澄さ。酒井さんの後に付き、沢を登るようにして、それでも一歩一歩、歩いてゆくと、

——あ、その辺、アメマスの産卵所ですからちょっと避けてください。

と、私の足下の横を指さされる。どうしてそんなことが記憶できるのだろう。この何の変哲もない、印も何もない場所が、覚えていられるのだろう、と不思議に思う。この一角が、その隣の一角とどう違うというのだろう。それにしてもこんな浅い流れのところで卵を産むのか……。

そう思っていると、岩陰から流れ落ちる伏流水をご自身掬って飲まれながら、

——おいしいですよ、どうぞ。ここはエキノコックスは大丈夫です。

北海道の川の水は、どんなにきれいでもエキノコックスに汚染されている可能性があるから飲んではいけない、と事前に聞いていた。

私も続いて両手を晒す。鮮烈な冷たさ。なんておいしい。ミネラルのその形まで感じ取れるような透明感。

——ここは日高山系北端。

そう聞くと、この水の通ってきた長い長い道のりに思いがゆく。

——それで。

と、今度は反対側の岩陰から、同じように飲まれる。

——今度はこっち、飲んでみてください。味が違うと思うんです。

同じように飲み、ああ、本当、と呟く。なんて言ったらいいんだろう、その違いを。

ミネラルの角の尖り具合の差、とか、そんな感じ。こんな突拍子もないことばかり言うのも憚られて、

——ああ、違いますね、確かに。

と、常識的なふうを装う。

——でも、ここは本当に空気がきれいですね。吸っても吸っても、まだその奥がきれい、というか。

都会だとちょっと深く空気を吸っても、すぐにフィルターが目詰まりするような感じがある。

——空気の組成まで違う、というか。

と、ついいつものように思いつくまま感じたことをしゃべっていると、

——ええ、本当に組成は違うんです。

と、微笑んでおっしゃった。

——後から行く原生林は、時が止まった世界——実際にもちろん止まってるわけではないんですが——カーボン・ニュートラルと呼んでいます。土壌中の生物や倒木などが朽ちていく過程で出すCO_2と草木の光合成で固定されるCO_2がバランスをとって動かない。けれど、ここの場所は違います、我々はここで寿命が近づいて着葉量の

少なくなった木や枯れた木を伐って、若い後継樹を育てています。ですからここは健全な木ばかり。僕はここが日本で最も空気のきれいなところの一つだと思っています。私ののんびりした細胞の一つ一つ、この峻烈なマイナスイオンに耐えられるだろうか。そんな心配までふと心をよぎる。

そこからジープでひたすら山を登る。

——海抜七百メートルまではご覧になったとおり針広混交林なんですが、それを過ぎるとエゾマツ、ダケカンバ……。

ここに来て教えていただいたおかげで、シラカンバとウダイカンバ、ダケカンバの違い、トドマツ、エゾマツ、アカエゾマツの違いがよく分かるようになった。何だかすっかりエゾマツが好きになる。聖性のある木のような気すらしてくる。だいぶ登ったところで、一本の広葉樹を見つける。

——あれ、ミズナラですね、こんなところに？

——いろんな可能性が考えられます。熊が里で食べたドングリをここで排泄したか、実をくわえたリスをワシタカ類がつかまえて、ここで落としたか、食したか、または……。三百年か四百年ほど前に起こったドラマの、結果だけが残って、でも何が起こったかは知る術がない。

ジープはつづら折りになった坂道を曲がる。

山頂に着いて、ジープを降りる。あまりの景観にため息が出る。冷たい風が心地よい。

――ここは経歳鶴《けいさいつる》山頂、日高山系の北端です。あの平らかな山は大麓山、大雪山系南端に位置します。向こうに見えるのは夕張山系。ちょうど、その境目の土地なんです。約百年前、この地を演習林に定めた学者は本当に慧眼だったと思います。

そこから見える世界の果ては、薄青の稜線をぐるりと描く、十勝岳、境山、下ホロカメットク、トムラウシ、石狩岳、ニペソツ、丸山、ウペペサンケ、阿寒富士、シカリベツ。反対側は夕張岳、芦別岳……。三六〇度、見渡す限り森の波、樹海。人工物が一つも見えない、そして雲一つも見えない、今日のこの晴天。紫外線が眩しく、このときの写真まで、残念なことにほとんど何も見えない。

――遠くの方が崖になっていますので、その崖下分まで含めますと、十万ヘクタールを見晴らせます。崖の上の部分で見えている部分は四万ヘクタールくらいです。一万年、二万年前から変わらない、原始の風景です。

その太古の昔を思う。

頂上から下りるとき、標高の低い沢沿いで、黄金の陽光を降り注ぐかのように辺りを明るくしているカツラの大木に出会う。ジープを降りて、見上げる。黄葉したカツラの木は、天高く光のモザイクを掲げているようだ。酒井さんは反対に、地面に無数にある小さな芽生えを指して、

——これはこのカツラの子どもたち。カツラは雌雄異株で、この大木は雌です。ですから、毎年無数の、累計するとおそらく日本の人口以上の数になろうかと思われる種子を落とし、この下にたくさん発芽するのですが、親になれるのは、そのうちのせいぜい一本か二本でしょう。

植物は、そして生物は、可能性がある限り、命のトライを続ける、きっと全て死に絶えようとする、最後の最後まで。

それから私たちは原生林へ移動する。麓の道を走っていると、演習林と民間の山との違いは外から見てもはっきりわかる。演習林では、枯れ枝や倒木や寄生植物などが、樹木の成長を妨げないように定期的に取り払われる、そのため一本一本の木がクリアーに際だって見えるのだ。手間ひまと愛情をかけられてすくすくと育った子どものよ

うに、物怖じしない威勢の良さがある。O_2の放出量もきっと多いに違いない。細胞の隅々まで瑞々しく活性化されてゆく感覚を覚える。

けれど原生林ではまた少し事情が違う。そこへ入ってしばらく行くと、ジープの前でエゾシカが白いハート形のお尻を見せて斜面を登っていった。ジープを降り、森の中に分け入る。倒木に何枚もカバーを掛けたような、幾層にもわたる深々とした苔の緑。木々の根元にはゴゼンタチバナの赤い実。目の前には枯れ枝がぶら下がり、根っこごとひっくり返った大木のその跡には、すでに新しい命が芽生えている。何か人外のものの気配が濃厚に充満しているよう。敬虔な思いすら湧いてくる。初めて訪れる場所であるはずなのに何だか懐かしく、なぜだろうといぶかしく思ったが、それはきっと、そこが、私が幼い頃からイメージしていた「森」そのものであったからかもしれない。ああ、そうか、やっと帰ってきたのだという安堵感なのかもしれない、と思う。

――五百年生きた木は土に還るまで五百年かかるとも言われています。

倒木を見ながら酒井さんがおっしゃったのを、え？　と私はもう一度聞き返した。その言葉が、私の脳裏にしまってあった、外国のある作家の手紙の言葉を思い出させたのだ。

その作家は鬱病の夫を抱え、地域の中心的な人物として、慈善会等様々な場で活動せざるを得ない牧師夫人でもあった（つまり、夫は鬱病の牧師である）。昔の牧師夫人というのは、面倒見の良い、信仰心の篤い女性、という像を当然のように押しつけられていた。今、手近にその本がないので正確なことは書けないが、彼女が書簡で確かそんなことを言っていた。二千年かけて育ってきたキリスト教という大木は、今まさに倒れようとしている、その大木を頼って様々な生物が生きている、ショックを与えないように、ゆっくりと倒れさせ、朽ち果てさせなければならない。できるだけ時間をかけて。自分の役目はそれを助けること、というようなことを。

加速度をつけて何かに向けて突っ走っているような現代において、何とも示唆的な言葉だ（この「五百年かけて……」という言葉については、検証は難しいかも知れないけれども、と酒井さんは『人と森の環境学』［東京大学出版会］において断り書きされている）。

新緑の美しさを愛でるように、プライムタイムを過ぎた紅葉の美しさもまた、味わう価値のあるものだ。そして全て葉を落としたあとの、清《すが》しさと厳しさも。

森の静けさが心までしみ入って、やがてその深さを探り始める。

カーボン・ニュートラル――土壌中のミミズなどや朽ち木などが出すCO_2と光合

成で固定されるCO²が、バランスをとって動かない。「時が止まった」世界——スティル・ライフ。

——音が聞こえるでしょう。

静寂の底で、それを刻印する通奏低音のように流れている音。水が流れる音だ。遠い沢から聞こえてくるのだろうと漠然と思っていた。

——この下は、火砕流台地、安山岩の上を溶岩流が流れて固まった、その隙間を水が流れてゆく音です。

——この下を、水が、流れている。

思わず、腐葉土に覆われた地面を見つめる。

森の音。

本当に、森は水の生まれてくるところ。ここからスタートし、そしてまたここへ帰る。

森の様々な匂いを集めて、風が川筋に寄っていくように、水もまた、人の想像の及ばない時間をかけて、様々な場所を留まることなく走り抜け、その履歴を背負っていつか海に向かう。川の水を迎える海は、魚は、生物たちは、その物語をどう読み解くのだろう。

その微妙に違う物語を、読み込む力が人に備わっていないにしても、そのことに思いを巡らせ、感官を開こうとすることは、今、この瞬間にも、できることなのだと信じている。そしてその開かれてあろうとする姿勢こそが、また、人の世のファシズム的な偏狭を崩してゆく、静かな戦いそのものになることも。

「……さて、その話というのは、川がずっと山の奥から持ってきて、これから、あの飽きることを知らない海にきかせようという、世界一おもしろいお話なのです。……」

――『たのしい川べ』

水辺の境界線

前回の北海道行きの約一ヶ月後、やはりどうしても一人で漕ぎたくなり、車にボイジャーを積んで再び彼の地へ出かけ、やっと念願の美々川を漕ぐことを果たした。相変わらず執念深いことである。

それから宮沢賢治所縁《ゆかり》で前から見たかったK岳（車窓からこの山が見たいばかりに、わざわざ列車に乗ったことも数回あるのに、どういうわけかいつも雲がかかる悪天候で、未だに写真でしか見たことがなかった）を目掛けて、その麓のO湖で漕ごうと、車を走らせた。北海道の道路は爽快で、そして高速のSA・PAは寂しい。どこも同じように出店でにぎわう本州・九州のそれと違い、山々の厳しさがそのまま降りてきて、そこで人間界の建物に翻訳されたかのような寂しさだ。でも、これぐらいがちょうどいいかも、と売店の沖縄物産コーナーで売っていたパイン糖とアセロラジュースを買う。そういえば鹿児島にも北海道物産コーナーがあった。

O湖畔のホテルにチェックインし、部屋に荷物を下ろすともう四時を過ぎていた。すでに日は暮れかかっていたのだが、そこに備え付けの近隣地図で見たら、すぐ裏山と言っていいほどの距離に遊歩道があったので、少しだけ散歩しようとホテルを出る。雨が降っていたので傘を借りる。地図によれば所要時間二十五分ぐらい、丁度手頃な距離だろう、夕暮れの湖を見るのには……と気軽に考える。

木々の背がすっくと伸びて高い。人家が途切れて、森へ続く感じは、ケント州のある貴族の家の、門から屋敷へ続く森の中のアプローチを思い出させた。北海道独特の空気の透明感はこの地も同じ、そして雨模様の空気の湿り具合が、腐葉土のにおいを運んでくる。こういう郊外の感じが、そして時折水鳥の声が聞こえるだけの、人一人いない静けさが、なじんだ幸福感をもたらした。

それにしてもこの枯葉の量といったら。これでは道なのかどうか分からない。シーズン・オフだから人も通らず手入れもされていないのだろう。でもこういうのは好きだ。そう思いながら、道がいくつかに分かれている場所に、道標のようにして書かれてある地図で、道を確認。湖の岸辺を回る道に行こう。たぶん、あれだ。けれど、これは、よくよく気をつけないと道だとは分からないだろう、と、まだ辺りが見渡せる程度には明るかったそのとき、すでにそう思った。それで、これもすっかりミズナラやハリギリなどの枯葉に覆われている小道を、わさわさと音を立てて枯葉を散らしながら湖の方へ歩いた。枯葉が覆い尽くせないところは水苔がのぞいており、湖水がひたひたと押し寄せていた。しゃがみ込んで、その深々とした水苔を押せば、まるで圧力を受けて沈み込む絨毯《じゅうたん》のように手を包む。もちろん海でないので潮の満ちる心配はない。けれど、道と言うよりは、これではまるで水辺の縁……。

切り倒されたブナの大木が、水中に引きずり込まれるようにして、倒れている。その幹を撫で、北上中のブナの植生分布のことを思い、こんな北までやってきたんだ、と心の中で話しかける。

湖面が、鈍色《にびいろ》の鏡のようだ。夕陽も届かないぐらいに雲に覆われているので、夕景というイメージではない。全てが本来の色を失って暮れなずむ中、向こう岸の、葉を落としたカンバの林が、その白い幹をぼうっと光らせて、まるで燐光を放つ白骨のよう。細い銀糸のような雨脚が、山際を帯のように走ってきて、その白骨の群れを更に白く、そして辺りを銀鼠《ぎんねず》色に霞ませる。

――驟雨。

と、小さく呟く。

その雨と、暮色の深さが、まるでオーロラが棚引くように眼前で絡み始める。冥界の帝王でも出てくる先触れのようだ。こんな空間に身をおけるなんて、という思いが頭をかすめる。が、そういう感激も遠いところで鳴る汽笛のようにしか感じられない。すっかり、身も心も持っていかれて、麻痺したようにその場から動けない。

辺りはいよいよ昏くなり、湖面に映る木々の世界の方がはっきりと見えるほどだ。本当に、水の中の世界の方がよほどリアルに明るく見える。けれどその明るさは、何かの反射ではなく、底の方から圧倒的な存在感でやってくるものなのだ。

どのくらいそうしていただろう。ほら、少し急がないと、と、私の中の分別が囁き、すっかり暗くなった足下に気をつけながら先を進む。ええと、確かこの先でいくつか分かれ道が出てくるはず。それを、ホテルの方へとって、と頭の中で考えている。ほら、分岐点が出てきた。道は……暗くてよく分からない。立て看板は……え？　暗くて読めない？　慌てて手にした地図を見る。……読めない。

昔からずっと目は良かった。暗いところで本を読む、とか、かなり小さい頃から酷使してきたのだけれど何ともなく、そのつけが加齢と共に回ってきたのか、最近道路上の行き先表示の文字や標識の文字など読むことが、急におぼつかなくなっていた。それは加齢のせいとは限らない、検査に行くべき、という、周囲の声にはうなずきながらも、いったん検査を始めたら旧悪（？）が次々と露呈し、かなりややこしくなりそうな予感がしていた。早晩、長い運転はできなくなるだろう。そうなる前に、そして私の太刀打ちできない本格的な冬が北海道を覆う前に、見ておくべきもの、体験しておくべきことはすませておきたかった。

そういうわけで、いくら辺りが暗くなっても、少し前の私なら、真剣に目を凝らせば書かれたものを読める自信があった。だがそのときは、ああ、狙ったかのようにそこにくるのか、最近の体の変調がまるでそのための布石のように、と、胃に何か冷たいものが落ち込んだ、それがまず一つ目。

「向こう」へ行くつもりがないのならば急がなければならない。うかうかとこのシナリオにのらないように。

……ドウナノ？

とにかく少しでも辺りの見当がつくうちに、と、一番「それらしい」方向に進む。

小走りに急いでいるうちにまたブナの倒木が水中に入り込んでいるのを見る。今度は話しかける余裕がない。おかしい。もう、水辺から離れてもいいはずなのに、相変わらず私は水辺を離れられない。立ち止まる。

私の時計には方位計が付いている。子どものおもちゃのようにそれが得意で、誰かといて手持ちぶさたになると、すぐにそれを回して見せたものだ。そう、暗くなってもスイッチを押せば、文字盤は明るくなるはず。とにかく真っ暗にならないうちに少しでも先を急がなければと思っていたので、分かってはいたが立ち止まって方位を確かめることはしなかった。大体、確かめたところで、方位のはっきりしていない地元の地図を手にふらふら出てきたのだから、方位だけ分かっても帰り道が分かるとは限らなかった。けれど、落ち着いて、よくよく地図を思い出せば、そして、もともと頭の中に入っている北海道全体の地図から推し量れば、何とかなるかも知れない。地図を読むのは昔から得意だったから。それで、方位を確かめるために立ち止まった。雨がまた急に周りで激しくなったように思われた。スイッチを入れる。文字盤が少し明るくなる。そして愕然とする。

方位を示す針の、北は赤、南は青。文字盤は確かに明るくなったが、周囲があまりに暗くて、その針の色が分からない。なんということ。使い物にならない。
これが、胃に何か冷たいものが落ち込んだ、二つ目。

小走りに先を急ぐ。水苔の上の、雨に濡れた枯葉で足下が滑って、湖面の方へバランスを崩しかける。景色は確かに良かったが、水質自体は死にたくなるほどきれいな水ではなかった。もう少し、水がきれいならまだいいのだけれど。こうなるのであれば、来る前、S湖で漕いでおけば良かった、どうせなら。あれは本当に水のきれいな湖だった。と思う。え？　今、そう思ったのは何もの？　この私？　ほら、そんなことを考えているから蹟《つまず》いた。木の根に。何度目？　さまよっていて、木の根に蹟くなんて、ほんとにドイツかどこかの民話のよう。それ自体は素敵だ。ええと、それどころじゃない。私はそんな人間ではなかったはず。

数十年前、まだ東西の壁が厳然として存在していた頃、大寒波がヨーロッパを襲った年、ニーチェの散歩した雪のハイデルベルクの森を一人で歩いた。誰も通っていない雪を踏みしめる音、その細胞にまでしみ入るような静寂が嬉しくて、深い森をただ歩いた。ニーチェの出会ったものに、立ち向かえるつもりでいたのか。少なくともその気力はあった。私には、ああもう本当に、何も、何も、怖いものはなかった！

つまり、こういうことなのだろうか。

若くて生命力があるうちは、生長し生い茂る若葉が自分のエネルギーに酔いしれてその世界の中だけで生きていこうとし、またそれもでき、すっかり周りの景色を隠してしまうが、秋になり、冬になり、生命力も衰え、葉を落としてしまうと、今まで見えなかった木々の向こう側の景色が、境界の在処が、はっきりと分かるようになる。

そして思わずそれに魅入られてしまう。

目の前にまたブナの大木が現れる。

もう、まちがいようがない。これは全て同じブナだ。同じ所をぐるぐる回っている。

落ち着いて。

この倒木の所に来たということは、この倒木から道はホテルへと繋がっているはず。深い山の中ならいざ知らず、こんな里山のようなところ、とにかく、全ての選択肢を試してみよう、まだ、目の前の自分の手も見えない、というほどではない。足下なら何とか分かる。

だが月もなく星もない。

——大きな声を出すとか、考えなかったんですか？

後日、ある人にこのときのことを話して、そう訊かれた。

——考えもしませんでした。誰かに聞こえるとも思えなかったし。

——携帯は？　駅やホテルからそんなに近いんだったら、携帯だって通じる可能性があったでしょう。

——通じたかも知れないけれど、携帯で誰かに助けを求めるなんて、考えつきもしなかった……そうですね、不思議。

——人に助けを求めるより、死んだ方がまし？

——……。


要するに、今が非常時である、と認めたくなかったということなのだろう。それは本当に本当にいざとなったら、自分がどういう行動に出るのかは分からない。大体、そこがどういうところかも知らず、夕闇の迫る中を出て行くなんて、何と言って誹《そし》られても仕方がない。けれどそれに値するだけの宝石を、私は得たのだから、悔いもない。

　そうなのだ。私にはいつも、これほどの歓びを得たのだから、これほどの美しいものを見たのだから、いつかそのつけが回ってきても仕方がない、という、諦めのようなものがあった。だから、悔いもしない。同じシチュエーションに出くわしたら性懲りもなくやはり同じ事をするだろう（が、次回は懐中電灯だけは持って出よう）。

　あの子は最後の最後でそう思えただろうか。

　文化背景の全く違う、言葉の通じない人々に囲まれて、イラクで殺されたあの子は。

　何にも通用しない――相手を説得する言葉も、愛も。重なるところの何もない、全く違う世界で生きている。そして私は彼らのことを何にも知ってはいない。彼らの生活に入り込めない。だから、新参者、ですらありえない。彼らのコードから弾き飛ばされている。その感覚を、恐怖と呼ぶのなら、私は恐怖を感じた。

　森の中で迷って、一番つらいのは、空腹になることでも喉が渇くことでもここで一夜を明かし凍死するかも知れないという怖れでもない。それまで友好的だった周りの景色が、急に空々しく、敵対するもののように感じられてくることだ。裏切られ、周囲と自分との間に生じる隔絶感。この距離を超えてあちらに行ったならば、それは、その孤独はもう、感じなくてすむものなのか。あの子の孤独は解消されたのか。

メビウスの輪の反対側のような場所へ、「もっていかれ」そうだった。私の中の、生命力の落ちている部分が、それに同調しようとしていた。そして昔なじみの、根強くも徹底的に「健康」な部分が、激しくそれに反発しようとしているのだった。私は、全体の成り行きにうんざりして、一刻も早くこの茶番劇を終わらせたかった。けれど、終わってくれない！　のみならず、かなり真剣に恐怖が増してきている。また、選んだ道が湖に入り込んでいた。しかもこれは、さっきと同じ道ではないか？悪夢のようだ。逢魔が刻？　そんな陳腐な言葉は使いたくない。人の世は二十四時間、逢魔が刻だから、と思っていたけれど。これはいったい、いつから始まったのだ？湖面に魅入られたときから？　それとも、ホテルを出たときから？　それとも……。

まるでリーズ城のグロトー（地下洞窟）を最後に出たところにあるメイズ（迷路）だ。あの複雑さ加減と言ったら、もう、一生出られないんじゃないかと思った。けれど、あそこは人為的に、迷わせよう迷わせようと作られている。ここはそんな訳がないのに。これは絶対におかしい。何かが、おかしい……。いつから、始まった？

そう思った瞬間、胃に何か冷たいものが落ち込んだ、これが三つ目。

何度目かの、道の先が水辺の向こうへ消えてゆく、その暗い水の面を見たとき、ぼんやりと、こういう死に方をするのは、とても私らしいのかも知れない、と、どこかでひどく納得できる感じがした。昔からこういうものに惹かれていた。怖いくせに。大体、駅から遠くもない、こんな日常性から連続しているような場所で、向こうの世界に入ってゆくのは、そういうものに惹かれ続けた一人の人間の締め括り方としては、とても辻褄が合っている。合点がゆく。少し休みたかったところでもある……。

いや、もう少しやることが残っている。あの仕事とこの仕事、それに……。

私はまた引き返し、倒木の所からもう一度スタートしようとする。薄ぼんやりと先のあるように見える、こっちもあっちもそっちもだめだった。……もうとるべき道がない。ろくに見えさえしない。

これが胃に、もう今更、という感じで冷たいものが落ち込んだ、四つ目。

雨がまた激しく降ってくる。

急に、馬鹿馬鹿しさに無性に腹が立ってくる。後悔なんかしない。そんなことをする暇があるなら、先に進むことを選んできた。けれどやっぱり馬鹿だ。でもこの馬鹿を生きるしかしようがない。

それはもういいから。落ち着いて、どっちにも、引きずり込まれてはいけない。道だ、と思ったところを歩いて間違っていたのだから、今度は、道とは到底思えないところを選ぶ。ね？　そうしよう。ここで見るべきものは見た。得るべきものは得た。よけいなことを考えず、ただ、じっと耐えて、最善の道が最速で開けてくるように行動しよう。正しい道は、必ずある。

思い切ってここは？　あ、歩ける。あ、広いところに出た。これは道？　それともただのぽっかり空いた空間？　あ、向こうにぼんやり浮かぶ影は建物？　おっと、ここで焦ってはいけない。そっちは水辺だ。よく考えて。ほらまた道がはっきりしなくなった……。

結果的にはなんとかホテルにたどり着き、家庭的なフロント（外で食事を済ませてきたのだろうと思っていたに違いない）は、笑顔でお帰りなさいといい、私も何事もなかったかのように微笑み返してただいまと答え、それから這々《ほうほう》の体《てい》で部屋に帰った（翌々日チェックアウトのときに聞いてみれば、私のようなシチュエーションで湖に落ちる人もあるという）。服を着替えようとして、体中にひっつき虫をくっつけているのに気づいた。あの「遭難もどき」が、何かの意思だったとしても、何のためだったのかは分からない。それでも植物の勢力拡大か何かに貢献したというわけだろうか。撥水機能のあるズボンは、膝の部分、外側は泥、内側には血糊が付き、なのに生地自体は全く穴も傷も付いていなかった。柔道をやる人たちは稽古着（もちろん綿でできている）が摩擦で穴が開いたりするというのを思い出した。こんなことでいいのかなあ……アウトドアウェアって。もっとも、あれが一晩中続くとしたら、多少生身が擦り剝けたって、穴も開かず、寒気が入ってこない方がいいのだろうか。けれど磁石付きの時計！　あれは情けなかった、ああもう本当に、やれやれ、だ。

爾来、何かを「もっていかれた」気がしてならない。本当に「抜けた」のだろうか。あれはいったい、何だったのだろう。何であんな、「魔が差す」ようなことを考えたのだろう……。

森の物語を、再び始めなければならない、と思う。

海からやってくるもの

カナダ・ニューブランズウィック州、モンクトン。アメリカのメイン州と地続きの、その小さな海辺の町に寄ったのは、目的地に向かう途中のことだったので、その町自体についての情報はほとんど入手していなかった。旅先で通り過ぎるこれといった特徴のない無数の町の一つだったのに、それでもその町のことをときどき考えるのは、今も仕事場で使っているマグカップの一つがこの地方の土を使って焼いた、この町で買ったものだからということと（旅先でその土地の生活用品を自分用の「みやげもの」にするというのは、旅という非日常を日常に結びつけるとてもいい方法だと思う。その体験が日常の生活実感から遊離していかないように、あるいは記憶がその奥の茫漠とした海へうかうかと流れ去っていくのを食い止めるための）、その町の中心を流れる川で目撃したかもしれない、ある光景が忘れられないからだ。目撃したかもしれない、と書いたのは、実際には見ていないのだ。なのにあまりにもリアルに思い描いて夢にまで見たために、体験を経ずしてほとんど「経験」になってしまった。

川の畔に公園があり、その岸辺の柵からぼんやりと川を見ていた。十二月に入ったばかりで、凍ってこそいなかったものの、灰色で無表情な川の流れが何とも読み取りにくく（川にももちろん表情がある。多少生活排水に疲れていても生き生きしている川、工場排水や鉛毒などで不機嫌な川、何だか嬉しくって、というように小さく飛び跳ねているような川、等々）、上流がどんな具合なのか、両岸との関係はどんなだったのか、対話が出来ないものか試みたりしていた。私はその後、その町と海峡を挟んだある島（ＰＥＩ）へ行くことにしていた。その島は昔からもうすっかり知悉《ちしつ》しているつもりになっていて、まるで故郷のように親しい感覚を覚えていたのに現実にはまだ足を延ばしたことがなかった。その、言ってみれば「夢の島」を取り囲む海へ、注ぐ川の水なのだ。

そうでなくても、島、というのはいつでも心躍る場所だ。海岸から望む島、というのはどうしてああもわくわくするものなのだろう。

舞台は北欧だが、リンドグレーンの『わたしたちの島で』で、主人公の少女マーリンは、初めて避暑に行くことになった「ウミガラス島」を一目見たときの印象を、日記に次のように書いている。喜びのあまり、自分自身に問いただすように。

「マーリン、マーリン、おまえは長いあいだどこにいたの？　この島は、ここでずっとおまえを待ちつづけていたのに。心ひかれる浜小屋や、昔ながらの村道《そんどう》や、古い桟橋や漁船があって、胸がうずくほどこんなにも美しいこの島が、外海のなかにしずかに平和に横たわっていたのに。それなのにおまえがそれを知りもしなかったとは、ひどすぎはしない？……」

成長期に、こういう海外の「率直な」文章にどっぷり浸ってしまったことが、確かにその後の私の、どこか日本人として奇異な部分をつくった原因かもしれないと、認めざるを得ない。けれど、もう、そのことはいい。ときどき対人関係で少し苦境に陥るだけで、概して退屈とは縁遠い毎日を送れたのだから。

これは個人の、内的な歴史の一部。

けれど、その島へと海峡をまたいで架けられた大橋を渡るとき——私が「知悉している」十九世紀後半のその島にはもちろんそんなものはなかった。ここで少し不安になる——冬の嵐の前だという、海の色のあまりの不穏さを見ると、さすがにこのマーリンのような浮き浮きした気分には到底なれなかった。それどころか底知れない泥のような緑色の深さに、何かの暗部を覗き込むようで不気味でならなかった。その昔、新大陸を目指して船出した船団が目的の地を目の前にしてこの辺りで難破したことも多くあったようだ。

それはその土地の、人間と関わる歴史の一部。

けれど、およそ「海」であるかぎりそういう過去はつきものなのだ。なのにどこであれ、島というものへ向かうときにあんな気分になったのはほとんど初めてだった。

そうそう、その橋を渡る前、公園から川を見ていたときの話に戻ろう。それがきっと、そういう不穏な気分になったことの説明になるかもしれない。

天気は良かった。朝早く列車でその町へ着き、それから車を借りて郊外を少し走った。雪野原ではダイヤモンド・ダストが惜しげもなく空中に煌《きら》めいていた。水辺に沿って野ウサギやキツネやアライグマの足跡が入り交じり、ああ、ここまではウサギ、のんびりやってきたな、それで、ここで急にキツネに気づいた、慌てて急カーブで逃げ出した。すごい角度。この足跡の間遠さはかなりのスピード。ああ、キツネもここから本気だ……。

カナダ（に限らないだろうが）の雪野原に残る動物の足跡はドラマだ。

思いの外、そこで時間を取ってしまったので、町へ帰り着くのが遅くなってしまった。それにしても私が彼の地で使っていた車のタイヤの種類は何だったのだろう。オールシーズン用だから、まあ、大丈夫だろう、とアバウトなリース会社は言っていたけれど、本当にあれで良かったのだろうか。盲ヘビに怖じず、知らぬが仏、というものではなかったのだろうか。なんだかいつも綱渡りしているような「おっかなびっくり」感につきまとわれていた気がする。それはともかく、橋を渡って島へ入ってから目当ての町につくまで五、六時間はかかるのだから、今夜はこの町で一泊していた方がいいかも知れない。

それでその河畔の公園をぶらついていたのだが、何でそのことに気づいたのだったか、立て看板を読んだのか、途中の土産物店で仕入れた情報だったか、ともかくその町の面しているフェンディ湾は、潮の干満の差が世界一、十五メートルもあるそうで、その結果、一日二回、その川辺では海水が逆流して趨《はし》ってくるのが見えるのだそうだ。

ちょうど人間が海から上がって進化してきた、その過程を考えていた頃だったので、この話は私に奇妙な薄ら寒さを感じさせた。

それは生物の、地球規模の歴史の一部。

なんだか、とうの昔に捨ててきた尻尾が追いかけてきて、「忘れるなよ、尻尾をつけてたときのこと」と耳元で囁かれるような、そんなぞくりとする感じ。

暫く待っていたが、海水に含まれるプランクトンや無数の微生物のことを考えているうちに、それらが内陸を指して移動してくるということに、だんだんこちらの胃液が逆流してきそうな妙な感覚に襲われて、結局その現象は見ないまま、その町を退散したのだった。情けない話だ。今ならもう少し、ふみとどまれるのではないかと思う。

海からやってくるもの。

アザラシにしても、海岸線以上には内陸に上がってきやしないだろう。それが追いかけてやってくるような。島はこんなに好きだし、海を見るのも好きなのに、海の底を考えるのはどうも苦手だ。苦手ということは、そこに何か、私自身の全体として、損なわれているものがあるのだろう。

白神山地の麓、日本海に面したある村に縁があって、取材を続けている。つい先日そこから帰ってきたばかりだ。そこでお世話になっているお宅（このご一族が取材の焦点でもあるのだが）は建ってから百四十年ほど経つ家。昔は海岸との間に畑などあって、多少は距離があったらしいのだが、私が訪れる頃にはほとんど目の前が浜辺、新しく建て増しされた部屋の、大きな三重硝子《ガラス》の窓の外では冬の日本海が唸りを上げていた。陸は豪雪。地面と平行に吹き荒ぶ雪。私は太平洋の波をよく見知っているけれど、日本海の波にはそれとは全く質が違う何かを感じる。天候の穏やかな季節には夕映えの美しい村。冬季の重い雲の隙間からでさえ、沖合には夕陽の柱が幾本も荘厳に立つ。

十数年前の冬、この浜にクジラが打ち上げられた。このお宅にとっては、自分の庭に突然巨大な海からの使者が現れたようなものである。しかもそれは深海からの使者で――調べたところ、普段は深さ二百メートルほどのところで生活しているオウギハクジラだと分かった――地質学を専攻なさっていたご主人の、「常々クジラの骨格標本があったら、と思っていた（地質調査の時、時折地層からクジラの骨が出てくるので）」の一言がきっかけで、町を挙げての標本づくりが始まったのだ。詳細は省くけれど、結果的には見事な標本ができあがり、今回吹雪の中で中空に浮かぶその「標本」にも会ってきた。オウギハクジラは、その生態が謎に包まれていて、南の海から回遊してくるのだろうと思われていたが、そのクジラの成体が打ち上げられた場所からそう遠くもない浜に新生児と思われるクジラ（乳を飲んだ形跡がなかったらしい）も打ち上げられていて、どうやらその町の沖合を生活のテリトリーにしているのではないかということだった。普段眺めている海の、二百メートルの深さでは、見たこともないクジラたちの日常が繰り広げられている……。

吹雪の向こうに、宙に浮いたクジラの骨格を見るなんて、不思議な感覚だ。でももっと不思議な気分になったのは、そのクジラの、いわゆる胸びれの部分が、もう全く、人間の腕から手にかけての骨のようなのだ。ちゃんと五本の指まである。胸の前で大きく円を描くようにして固定されているその骨は、今にも赤ん坊を抱きしめるかのようだ。その昔、クジラの前肢《まえあし》はヒレとなり、そして後肢は僅かに痕跡を残し骨盤（！）にくっついて残った。そう、骨盤が残っているのだ。そのオウギハクジラにも損なわれずきちんと肉に埋もれるようにして残っていたそうだ。それを見ていると、クジラは魚じゃない、と改めて思い知らされる。結局、個体発生は系統発生を繰り返す、ということか。個人とその一族との関係もまた。

ああもう、世界は何と、フラクタルの万華鏡のようなのだろう！

個人の意識の底に沈んでいた、思い出から醸された夢、そして生まれる前からあらかじめ仕込まれていた太古の夢が、絡み合い響き合って繰り返し繰り返し、不思議な旋律を伴って深い水底から訪れる。

水辺にある、ということはそういうことなのだろう。そしてまた、それは必要なことなのだろう。「全体性を恢復する」ということの、真の意味がいつか分かるためには。

「殺気」について

久しぶりで、映画『アラン』(Man of Aran) を見た。思えば趣味嗜好に至るまで、私の人生はこの、人が生活するという点でぎりぎりの土地（ほとんど一個の巨大な岩石と言っていいような島で、そこには耕作する土すらほとんどなく、島民は海草を敷いて土作りをする）を描いたこの映画に、どれほどの影響を受けてきたことだろう。今回印象に残ったところは、けれどそれまでとは少し違った。水辺やその周辺のことに意識的になっているせいかもしれない。

例えばこれ以上ないぐらいに素朴なボート、カラクに数人が乗り込み（それでもう満員）、荒れるアイルランド西岸・アラン島沖、命がけでウバザメ釣りをする場面。ウバザメは、最大、と言わないまでも北大西洋では最も大きな生物の一つ。釣る側も釣られる側も命がけだ。カラクが大きく揺れ、今にもひっくり返りそうになると、まるで自分がその場にいるかのような臨場感に思わず手に汗をにぎる。漁を終えた男たちは息も絶え絶え、荒海から帰ると、浜で待ちわびた女達がさっそく解体の準備をする。肝臓を煮込んで採る脂はその一冬の灯油となり、ランプの灯りと燃える。豊漁で湧き上がる歓声と笑顔は、命と生活に直結している安堵感の表出だ。

こういうアイリッシュ・アイランダースの殺気あふれる「漁」を見るとやはり、優雅な英国人(イングリッシュ)のフィッシングなんて、所詮卑怯なゲーム、とつい思ってしまう。釣られる側の必死さ(向こうは命が懸かっているのだ)に比して、釣る側の圧倒的な優位が嫌だ。あの手この手で相手を騙そうとする姑息さ、命をもてあそぶスポーツ、と言い切るのはうがちすぎか。本来同じ条件で較べられないものなのかもしれない。

それでもテムズ河畔、コンプリート・アングラー周辺の太公望込みの景色は嫌いではなかったし、長い人生のうちにはいろんな時期があって、自分で釣ったわけではないが、カツオだって(子どもの)マグロだってマトウダイだってトゲだらけのガシラだってパロットフィッシュ(日本語で何というのだろう、鱗が五百円玉ぐらいあるとぼけた顔をした虹色の魚）だって、指をぼろぼろにしながら一人でおろしたこともある。釣りに行くときのその環境そのものは大好きなのだ。けれど、「釣り」という行為自体を、私自身が本当はどう思っているか、長い間保留にしていた。

あの魚が食べたい、そのために釣る、という本能に根ざした欲求なら分かる。けれど例えばB湖畔の私の仕事場の窓から見える、漁師の仕掛けたエリ（定置網の一種）のすぐ横で、バス釣りのボートがキャッチアンドリリースなどということをやっているのを見たりすると、やっぱりいけない。拡声器があったら手に取って怒鳴りたくなる（あってもやらないだろうけど、たぶん）。命が懸かる情景には、それなりの殺気が漲《みなぎ》ってしかるべき、と思う。

殺気、ということですぐに連想するのは、ある日本女性の空手家のこと。当時私の住んでいたサリー州南部からテムズ川沿いを西へ行ったところにある地元の小さな公民館を借りて、週二回ほど空手の道場を開いていた。機会があって、初めて彼女の「型」を目にしたとき、思いもかけなかったことに、目が釘付けになりすっかり惹きつけられてしまった。

あれは本当に不思議だった。私は本来、そういう人間の闘争心が剝き出しになるような「武闘」に関することは最も苦手で、生理的に毛嫌いすらしてきたというのに。

彼女は当時、五十代前半だったか後半だったか。私よりも小柄でやせぎすな、典型的な日本人女性の体格で、その華奢さでまさか大の男達を相手に武術を教えるなんて、この目で見ないことには信じられなかっただろう。

腰を深く落として構えた姿勢が揺るがない。微動だにせず、しんと深い静寂をたたえている。移動するときの足はまるで床に磁石で吸い付けられているかのよう。思索的ですらあった。鋭い気合いで前に繰り出される拳は、空気を切り裂くように凄冽《せいれつ》だった。その動きの一つ一つに無駄というものがまるでなく、その「殺気」はあっけにとられるほど研ぎ澄まされて、美しかった。彼女の家で、有名な空手家たちの（もちろん男性の）ビデオを見せてもらったが、それらはやはり、ああ、やっぱりこれは「遠ざかっていたい領域」、と私をして再認識させるもので、その緊迫した美しさにおいて、彼女に匹敵すると思えた人は一人もいなかった。

――まるで能の舞を見ているようよね。

彼女の空手に魅せられて通っていたある日本人女性はそう囁いた。

そこで「Karate」を教えているというので、近くの若い男の子達はカンフーのようなものを期待してやってくる。ある子たちは数回やって、求めているものと違うと悟って去っていったり、思いも掛けなかった世界に魅せられて続ける子もいたり。

美しい、と書いたからといって、それが舞踏的、というのではない。彼女が主眼に置いていたのは明らかに、「戦う以上は勝つ」という気迫で、それを目標にすることを明言していた。普段は落ち着いた優しい人柄の方だったが、その空手は、攻撃的と言えば攻撃的だった。そういうものを、私は本来、意識的に遠ざけてきたはずなのだ。なのにどうして私は彼女の「型」にあんなにも惹かれ、高い精神性すら感じ取っていたのか。彼女が、他の空手家とどう違ったのか。

「かけ声はシャープに！　引きずるような声を出していたら、場の空気を弛《ゆる》ませる！」

彼女が放つ言葉の一つ一つに、私はいちいち深く捕まって、考え込んでしまう。

自分より体格も力も、それこそ次元が違うというレベルで異なる男達と伍してやっていくために、可能な限り研ぎ澄ました気迫、ということか。

上段、中段、下段の突き。同じく前蹴り、上段、中段、下段。上げ受け。外受け。中段回し蹴り。手刀受けは構えのとき後ろ足に重心を。近くの森から、開け放した窓を通って霧が忍び入る。しんとした道場に、シュッ、シュッ、シュッ、と稽古着の擦れる音。face to face！　組み手！　力と勢いが一緒にダンスをしているよう。痛かったらつい声が出る。「そういう声は相手にとっていい情報になる。ダメージを受けたということを相手に分からせてしまう。声は相手を威嚇するためにだけ出す。相手に恐怖を与えて、戦意を失わせるためにだけ！」「怒りの表情を作る！　闘うときの顔を作る！」

彼女の放つ言葉の一つ一つに、私は疑問を持ってしまう。勝つための技術。こういう闘いの技術が、和の国沖縄で発達したのはおもしろいことだ。けれど、私にはこういう動物本能レベルで、いや知的なそれであっても、相手より優位に立とうとして威嚇する人間、というのはそもそも一番苦手なタイプなのだ。なのにどうして、彼女の「技」にあれだけ惹きつけられていたのだろうか……。ほら、だから、彼女の言葉での表現はともかく、本当にそこで起こっていることは、「威嚇レベル」のことではないのではないだろうか……。

すでに生活とは関係なく存在する趣味としての「釣り」、というものの中にも、人間の中に潜む攻撃性や残忍さを無意識に利用する、そしてなだめ、解放する何かの機能があるのかも知れない。

ウバザメと人との格闘は、それぞれをそれぞれの世界に引きずり込もうとする、引きずり上げようとする凄まじいものだった。水中へ、水上へ。殺気、というものが画面に充ち満ちていた。

太古の昔から、生き抜くためにはそういう「修羅」に直面せねばならず、人は未だ身の内深く潜むその「野蛮」と何とか折り合いをつけて生きていこうとするものなのかもしれなかった。

バンクホリデー（祝日）か何かが重なって、道場が暫く休みになった、その休み明けの日、常連の一人の様子が少し違った。その若い人は英国人の中でも大男と言っていいほどの体格の男の子だったが、まだ童顔で、その顔の鼻の頭に絆創膏を付け、片手を包帯で吊るし、しゅんとした、見る影もない状態、けれど参加出来るところは参加したい、とあらかじめ師と連絡をつけていたらしく、「突き」の練習のときは休んだり、「蹴り」のときは入ってきたりしていた。何かあったのだな、という雰囲気が全体にあって、休憩時間に事情を知っている幾人かが、口下手な彼の代わりに皆に説明を始めた。

――この休み、ニューヨークに行ってて、スラムっぽいところでからまれたんだ。

――でも、彼の方からは全く手を出さなかったんだって。ね、そうだね？

彼は無言でうなずく。

それはよかった、そんなことをしたら破門だ、「Karate」を使わずに偉かった、という空気と、でもそんな「肝心」のときに使えない「Karate」なんて？　という深刻な疑問（猜疑《さいぎ》、と言ってもいいかも知れない）が入り交じって、皆、一言二言感想を述べた後、一様に押し黙った。

彼が無抵抗でいたので、そのくらいのケガですんだのだ。もし彼が、自分の持てる力をフルに使って応戦しようとしたら、場の総体としての「殺気」は凄まじいことになっていただろう。どちらかに死人の出るような。

ウバザメ漁の現場から立ち上る「殺気」の凄まじさは、すなどる側か、すなどられる側か、必ず命を落とすものを出さずには収まらない、というぎりぎりの緊迫感、そして「昂揚感」があった。――そう、それは、確かに、「昂揚感」の一つの相なのだ。極限に向かった「祝祭」と同じ相なのだ。だから、犠牲も必要なのだ。

そういうとき、小手先の技術など、ほとんど役には立たない。自分の身を守るための武器として、手近な道場に通って武術を習う、というのは、だから単純に言って現実的でない。自分の「空手」に自信があったばかりに、一人で山歩きを続け、とうとう無惨な目にあった女の子の例も知っている。彼女が「応戦」しなかったら、少なくとも命は助かっただろう。後に犯人がそう言っているのだから。だが……。

相手を、生かしておかない、という瞬間の殺気を、気力を最大にして、という事を空手家の彼女はときどき言った。「挑発された瞬間、怒ろうかどうしようか迷うようではだめ。その一瞬のゆとりがあなたを殺す」。野性の本能を研ぎ澄ませ、そのくらいの迫力をもて、ということだったのだが、確かに彼女の「型」の静謐な美しさを支えているのは、静かでかつ凄まじいまでの迫力、というようなものだった。けれど、それが、その方向性を、少し変えるだけで、もしかしたら……。その圧倒的に「野蛮」な力が、同じく圧倒的な至高へ向かう瞬発力に変容するような……。

この辺りの言語化が何とももどかしく、けれど何とかその力の本質を自分の世界観のどこかに入るものにしたくて、彼女の「型」をただ見るため、片道二時間、往復四時間の道のりを、週二回、半年間通い続けた（何だか、こういうパターンの多い人生だ）。彼女のようになりたいと思ったわけではない、決して。なれるわけがなく、そのくらいの現実認識力は私にもあった。ただ、どこかに道があるはずだと思ったのだ。

人の持つ攻撃性を、どこかに昇華させる道が。そのどこかが、だんだんに見えてくるような気がしていた。彼女の周りを見つめていると。

ああ、そうだ、「猛々しさ」がないのだ、本能剝き出しの「猛々しさ」のようなものが。彼女はそれを言葉にしなかったし、もしかしたら意識もしていなかったかも知れないが、その凄まじい気迫の背後には、どこかに「諦観」のようなものがあったのだ。それが私には、ほとんど動く「禅」のように感じられたのだ……。

それに気づいたときやっと気が済んで、そしてまた、英国を離れる時期とも重なり、私は急速に「空手のある環境」から離れていった……。

だんだん話が水辺から逸れてきている。この「殺気と攻撃性の昇華」の話をもう少し進めたい気がするけれど、この続きはまたどこかで展開してゆくことにして、次回は水辺に戻ろう。

けれどあれから何年も経って、今、少なくともはっきり言えることは、もともと弱くて臆病な人間にこそ、見える景色があり、持てる勇気がある、ということ。最初から勇猛果敢で戦闘的な人間には、勇気を奮い起こす必要などないのだから。

困難な状況に陥ると今でも、「怯《ひる》むな」という彼女の声が頭のどこかで響く。

Stay there!
Don't stay back!

エネルギーを削がれるようなことが立て続けに起きると、発言はおろか考え続けることすら無意味に思えることもある。そういうときも、やはりこの声が響いて、例えばインタヴューを受けに、のろのろと立ち上がり、外へ出て行くのだ。

ゆっくりと

西日本は大雪、という予報を聞いて、（B湖畔にある）カヌーセンターに電話を掛けて様子を訊くと、K氏が、「今年一番の大雪ですよ、まちがいなく」と保証する。すわ、とばかり、その日のうちに関西へ向かった（ここしばらく、生活の拠点が関東になっている）。

次の日、凍りかけのウォーターランドに浮かんでいた。今回関西に置いてあった車に乗り込み、途中、人一人ピックアップしながらフリージングが始まったような地元の道を来たわけだけれど、先般北海道へ行くためにタイヤを替えていたので、多少の所はへいちゃらだ。

水辺に着いたとき、ちょうど上がってきたカヌーセンターの人たちと出会った。その笑顔を見ていると、小さい頃朝起きると一面雪が積もっていた、あの喜びを思い出す。学校へ行くまでも行ってからも出会う友達の顔が、みんな浮き浮きと上機嫌、笑いが止まらない、という状態。雪だ！　やった！　何だか嬉しくって、普段図書館インドア派の私までほとんどずっと外にいた。もっともっと小さいよちよち歩きの頃、初めて見る雪に、親からどんなに中に入るように言われても聞かず、終いには小さな長靴が凍り付いたように動かず、母親が抱き上げると足だけすっぽりと抜けた、という話を聞かされたこともある。母の膝の上に乗せられ、石油ストーブの前で暖まりながら、彼女の手のひらで足をくるまれて「解凍」してもらったことは、微かに覚えている。ただただ、ぼうっと、降る雪を見上げていたのだそうだ。なんだか、うちの犬と変わらない。

見送られて、行ってきます、と漕ぎ出す。比較的大きい内湖へまず向かう。あちらこちら、水の面が凍っている。凍っているといっても、北国と違い、それほど厚くはならないので、ファルトボートでも大丈夫なのだ。

張っている氷の上を選んで進む。気分はまるで砕氷船ボイジャー号。ガジガジと氷を割っていって、ふっと、動きを止めて、パドルをおく。しんとしている。

丈高い葦の群落に取り囲まれたその一帯は、この時期一面立ち枯れの葦の、淡いベージュ一色で、まるでアンドリュー・ワイエスの絵のよう。明るいもの寂しさ。向こうの岸辺にアオサギが、彫像のように立っている。この辺りは大きな池のように広さにゆとりがあるので、入っていってもガンやカモの群れはそう簡単には飛び立たない。ここでしばらくぼんやりするのが好きだ。

雪が次第に激しく降ってくる。

ガンの群れが雪をついて灰色の空へ舞い上がり、大きな湖の方へ飛んで行く。それを目で追いながら、スノーグース、と一言小さく口にする。同じく冬季、シーズンオフで観光客は一人もいない（運転は死ぬ思いだったが雪景色は最高だった）カナダ・プリンスエドワード島の沼地で出会った人懐こいカナダギースを思い出す。今頃どこを飛んでいるだろう……。

パドルを取り、私もそこを後にする。いくつかの水路と見晴らしのいい場所を抜け、水面からすっと立つ、龍神の祠のある方へ向かう。ここは先月、編集のKさんと漕いだときにカワセミの出てきた場所。見回しても今日はいない。オナガガモが何羽か、さっき前方で飛んでいった。今はしんとしている。後ろを振り向くと今割ったばかりの氷がその裂け目をどんどん狭めて、今にもまた結氷してゆくかのよう。

……ボイジャー号、雪と氷に閉ざされました。退路もふさがれつつあります。さあ、どうしましょう。とりあえず、温かいココアでも飲んでみてはいかがでしょうか。

保温瓶に入れておいたココアの湯気を顔に当てながら、カップを両手でもつ。カップの中にも雪びらが入ってくる。水辺に着いた頃から次第に降り出し、雪はどんどんどんどん降ってくる。淡いグレー一色の世界に、それぞれ心細そうな一片一片が次から次へ絶え間なく舞い降りてくる。

雪の降っているとき、スプレースカート（漕いでいる最中に水が入ってこないように漕ぎ手が装着するもの）は本当に頼りになる。普段は横着をして、いい加減に膝掛け代わりに使うぐらいで、端っこまできちんと装着することなどないのだが。

天気がめまぐるしく変わる。雪は降り続けているのに空の青い部分が見えていて、グレーの濃淡の雲が次々に入れ替わって行く。上空ではかなりの気流なのだろう。けれど下界はほとんど風もなく、雪はほとんどまっすぐに降りてくる。それが水面に映り、まるで水底の別世界から雪びらが湧き上がってくるよう。湧き上がってくる無数の雪びらが、空から降ってくるそれと、まるであらかじめ契約を交わしていたかのようにある一点でスッと一つになり消えてゆく。その合わさる無数の「点」を繋げるようにして「面」をイメージし、ようやくそこに「境」の水面があるのだと分かる。幻想的、というのは境が判然としなくなる状況を言うのだと今更のようにぼんやり思う。里山も、もはや墨絵の世界。

突然名前を呼ばれて、振り返ると途端に雪玉が顔を直撃。そう、このときは途中でピックアップした連れがあったのだ。連れの方に目が行っていなかったが、私がぼうっと空を見ている間に、土手に寄って雪玉をこさえていたらしい。まさに青天の霹靂。やられた。笑い声と共に、敵方は雪玉をもう一つ取り出し、近づいて私に差し出しながら、冗談めかした文楽風の口調で、

――どうぞこれをお使いくださいましな。ことが成就の暁には、さぞやあなたさまも反撃なさりたいことだろうと、お手を煩わすことのなきよう、あらかじめ用意しておきましてござります。

殊勝なこと。では遠慮なく、と受け取り、間髪をいれず相手の顔にぶつける。悲鳴を後に、ひたすら漕いで逃げる。まったく、もう。最近鬱の具合がひどいようだったので相当参っているはず、と恐る恐る誘ったのだが、こんなにはしゃぐとは。後で反動が来なければいいけれど。そう思って振り向くと、向こうも顔をぬぐい終わって山を見ながら、この風景と空気感を満喫している様子(に見える。が、結局他人の内界

には入り込みようがなく、その苦しさも察すること以上には分からない）。まあ、とりあえずよしよし、とこちらも勝手に漕ぎ進む。少しあたりが明るくなる。

ゆつくりと治つてゆかう　陽に透けて横に流るる風花を吸ふ

——河野裕子歌集『歩く』

その昔、人為的に作られた水の道だが、四百年も経つと、もうすっかり自然そのものだ。この見事な葦原を保つのには定期的に人の手がほどよく入っているわけだけれど、誰の目も気にせずたった一人になれる空間も至るところにある。

さっきからときどき、微かに煙の匂いが漂ってくるのは、早すぎる気がするが、もう部分的に野焼きが始まったのだろうか。それともどこかで誰かが焚き火をしているだけなのか。水質は北海道の川のそれとは比較にならない濁りようだが、こういう人への「狎れ具合」が、行儀良くしつけの行き届いた「野生」といるような、打ち解けた感じと解放されてゆく感じをバランス良く保っている。パドルを置いて、思う存分本だって読める（天気次第で）。

ふと、いつもは行かない人家の並んだ方へ行く気になったのは、まだ正月の（若水取りとか）この地方独特の雰囲気がどこかに残っていたせいかもしれない。相変わらずカモの群れを追い立てるようにしながら進む。マガモ、カルガモ、ヒドリガモ、オナガガモ……。取って食ったりしないから、どうぞそのままで、ああ、お騒がせしてしまって、といつも申し訳なく思うのだが、その昔、実際B湖で「銃を適当な台に乗せて積」んだ静かに進むファルトボートを使って、「百発百中おもしろいほど簡単にカモをうち、大喜びで帰った」という時代もあったようだから、彼らの用心深さは学習の結果で、このくらいが丁度いいのかもしれない。寂しいけれど。ああ、でも鴨料理は嫌いじゃない……うーん。

小さな橋をいくつかくぐるとやがて人家が現れ始め、あちらこちら石段が水辺に向かって降りているのが見えてくる。家々の裏庭から直接水辺に降りてこられるようになっているのだ。小舟が係留されているところもある。小舟の中には正月用の供え物がしてある。石段を上がったところには、ハコベの若い緑が見えている。七草に使われただろうか。誰もいない。寒くて、雪が降っているから？　なるほど。私も普段は寒がりだけれど、漕いでいたら全然寒くないのが不思議。

こんなに雪が降りしきってさえ、のどかで優しい里山の稜線。そしてこうやって張り巡らされた水の道。四百年かけて、自然が人とその生活にひたひたと入り込み、切り結び、折り合ってなじんできた風景。

全くの原始の荒々しい自然と、都会の人工的な生活の間にある、こういうグレゾーンの濃淡のような場所が、もっと拡がってゆけばいい、と思う。人はきっと、その濃淡の中で自分に一番相応しい場所を選ぶだろう。


このまま行ったらB湖の方へ出てしまう。引き返して葦原の方へ進む。やがて前方にカキの実の赤が鮮やかに目に入ってくる。

編集のKさんとここを漕いだ一ヶ月ほど前は、水辺にそれは鮮やかな色をした柿の実が鈴なりになって傾《かし》いでいた。あ、おいしそう、とその場は通り過ぎたが、それを過ぎ越してもまた同じような木が、そしてまた、と、とうとう、何度目かのとき、近くまで漕ぎ寄って手を伸ばし、三、四個（一人で全部食べるつもりだったのではない。おいしかったらKさんにも分けて上げようと思ったのだ）、もぎ取ってそのうちの一個をかじってみたら、渋かった。普通に渋かった。つまり、口の中が渋でいっぱいになって暫くげんなりする程度。（いつだったか、家の庭の塀を覆い尽くしたヤブガラシに実がなり、その実が大粒の艶やかなブルーベリーそっくりで、食べられぬとは分かっていたが、あまりの豊作、せめて何とかジャムにでもならないものかと、食べてみて、やはり渋かった。それは常軌を逸した渋さであった。しかし渋柿の渋を抜く手法で試してみたら何とかなるかも知れないと、思いつきはしたものの、未だ実行には至らない)。

その一ヶ月前とほとんど変わらぬ様子でカキが残っていた。渋いのでカラスも食べないのだろうか。それとも発酵するまでカラスも待っているのだろうか。私も、たぶんあのカラスたちと同じように、一度学習したのでもう手は出さない。

湖沼地帯の木々のように(いや、実際その通りなのだが)、どっしりした大枝を低く水路側に傾けた、タチヤナギの木々が続く。葉を落とした木々はその骨格の清々しさや凛々しさで夏場にはない美しさだ。色鉛筆で輪郭を強調するかのように、その樹形を雪が白く際立たせている。枯れたホテイアオイの群落があちこちに浮かんでいる。ウォーターヒヤシンス。初夏になったら淡いパープルの花を一斉に咲かせる。だが今は霜に打たれて見る影もない。浮き袋状に膨らんだ葉柄は、ほとんど一部、あるいは半分以上をカモにつつかれ何かに齧られている。この植物も元々は外来種なのだろうけれど。

雲の移動でまた陽の光が射してくる。もうすでに、セピアの入った優しい夕方の色合いを帯びている。航路から外れた隅の水面は、しんしんと寒気に侵されて、シャーベット状からやがて全体に凍りゆく過程を、ひっそりと確実に踏みつつあった。そこへ夕方の冬の光が、曇り硝子《ガラス》を照らすように柔らかく射し渡ってゆく。向こう側の倒れ気味の葦の群落の、凍り付いた穂は同じ色合いの光を受けてけれどこちらはその凍ったところがきらきらと硬質に輝いている。その光の対比が声を失うほど美しく、またどこかノスタルジックで懐かしく慕わしく、パドルを置いてしばらく見つめる。やがて鬱の連れも追いついて、同じように同じ景色に見とれている……。

自然は長い長い時間を掛けて、人工のものも外来種もやがて自身の一部として融け込ませ、優しい循環を成してゆく。「定着」ということには時間が必要だ。ブラックバスだって、結局問題の焦点は、本来長い時間を掛けて築くべき、在来種との関係が甚だ未調整なところなのだ。在来種がその防衛の手段を獲得し進化する時間がないままに、絶滅の危機を迎えている。現代のほとんど全ての問題が、時間を掛けてゆっくり熟成させることを軽んじてきた、そのことが社会に、もう手遅れかも知れない、という絶望的なほどの危機感を募らせている……。

それは本当に本当に「危機」なのだ。けれど、水辺でゆったりと、自分自身を自然の中にチューニングするかのように浮かんでいると、それでも、どこかに光があるような気がしてくるのが不思議だ。生命は儚い、けれどしたたかだ。

　ゆつくりと治つてゆかう　陽に透けて横に流るる風花を吸ふ

何をあんなに焦っていたのだろう。

この循環の一部になりきればいいことなのに。

春になったら桜のトンネルで風情のある水路の、その桜の木々は、もうすでに枝先を膨らんだ若い芽で全体に赤く染めている。今はまだ降りしきる、雪の中で。

隠国の水 1

もう二十年以上前のことになるが、志摩半島のあるホテルがオープンしたのかリニューアル・オープンであったのか、その知らせのための夕陽の写真——ホテルの部屋から撮ったという——を見ていたら、ふと行く気になり、予約を入れた。当時京都に住んでいたが、同じ近畿圏の紀伊半島へはほとんど足を延ばしたことがなかった。その方面への土地勘もまるでないまま(そしてその土地勘というものが山地のドライヴにどれほど重要であるか、経験を積む機会もまだなかった、それほど若かった頃の話だ)、そのまま出発した。夕方ぐらいには着くだろうと漠然と考えて車に乗ったのが当日の昼頃。計画性のないところは今に変わらない。

地図で見ると、まっすぐ京都から南下して海に出るまで直線を引いた場合の、真ん中当たりで真東に、つまり九〇度向きを変えれば目的地にはすぐに行き当たるように思えた。

京と奈良の都を結ぶ、「ならみち」のひとつであった国道二四号線が混むのは経験済みだったので覚悟していた。木津川の流れに（逆向きに）併走するようにしてのんびりと走る。伊賀の山間《やまあい》を流れてきたこの川は、やがて琵琶湖から流れ出てきた瀬田川変じた宇治川と合流し、嵐山の上からの流れを集めてきた桂川を容れて、淀川となり海を目指す。もっとも、その合流地点は「ならみち」からは見えない。けれどそれぞれ違った出自をもった川が合流してゆく、そのことに思いを馳せるのは、思えば当時から好きだったのだ。

橿原《かしはら》市の辺りから左折して、文字通り山懐《やまふところ》に入ってゆく。周囲の山々がどんどんこちらに迫ってきて圧迫感がある。やがて山懐どころか山そのもの、という雰囲気になってきて、時折山間にぽっかり開けた集落を通ると、周囲はすっかり深い山に取り囲まれ、空の部分が少ししか見えない、その閉塞感に息が詰まりそうな気がした。まだ明るい時間帯であるはずなのに、もう暗闇がじりじりと周囲から押し寄せてくる。日暮れが早いのだ。きっと朝陽が村に差し込む時刻も遅いのだろう。ヒグラシの鳴く時間も長いことだろう。

名前は分からないけれど急峻な流れが、時折杉木立の中から見え隠れする。こういうふうにあちらこちらの尾根からの清水を集めた流れは、やがて一筋のまとまった川へ収斂されてゆく。この辺りは林業の盛んなところだからこういう杉木立が多いけれどもその昔はどうだったのだろう……。その上《かみ》の、万葉の時代のことを考えたりした。その辺りは吉野に近いのだった。不思議な湿度と手を伸ばせばすぐに異界へと引き込まれそうな妙に持ち重りのする闇。

奈良の南部の、特に初瀬《はせ》の辺り、その独特の鬼気迫るような山深さを、「隠国《こもりく》」というのだと、知ってはいたが、ライトに照らされるくねくねとした道は本当に国道かと思うような心細さだった。そして、あるところで突然道が切れた。まさか、と一瞬半信半疑。そして、ああ、やっぱり、と気が重くなった。実は出発前、地図で確かめたとき、道の一部が切れているのに気づいた。けれど、そこさえ繋がっていたなら何の問題もないルートで、ここはきっと、トンネルか何かの記載漏れなのだろうと勝手な希望的観測を持ち、はっきりさせないまま出発したのだ。そしてとうとう、問題の箇所がどういう状態であるのか、現地ではっきりとしたわけなのだった。

否も応もない。のろのろとバックして、道路の脇に出ている、ろくろく舗装もされていないような細い道をジグザグと下ってゆくしかなかった。なんとかしてこの切れた向こう側の道に入りたい。けれどもう、ああ、ここからどこへ繋がっていくというのだろう。ヘッドライトの届かぬ向こうは漆黒の闇。車の両側からは木立が不気味な陰影を持って迫ってくる。坂を下りまた上りして、ようやく少し辺りが開け、つまり木々が後ずさりを始め、道端にぽつんと一軒のよろず屋風の店を見つけた。

どう考えてもその日のうちには目的地に辿り着きそうもなかったから、とりあえず予約していたホテルにキャンセルの連絡を入れなければならなかった。携帯電話というものはなかった時代のことである（あっても圏外であっただろうけれど）。この店でなんとか電話を借りよう、そう思って車を停め、店の敷居を跨いだ。

その瞬間の、まるで異空間に紛れ込んだような不可思議な感覚。店の売り物の、乾物や卵、ノートに鉛筆に消しゴム、雑誌に輪ゴムに洗濯ばさみ、塩や米や菓子類、帽子にエプロン、バケツに合羽に長靴……。ありとあらゆるものの発散するにおいが渾然一体となって、裸電球に笠をつけただけの簡素なオレンジ色の照明の中に立ち上っていた。店にいたのがどういう年齢の人だったのか、性別すらも今は思い出せない。なのに親切に使わせてくれたどっしりとした存在感の黒電話が、よく通る声で村内有線放送を流していたのははっきりと覚えている。

いくつもの峠や山々で外界から隔てられ、ぽっかり浮かんだシマのような村。

そこから湧き出た水が川となり海に向かうのと同じような道筋をたどり山を下って、とりあえず手近な海辺の町に出て何とか駅前のビジネスホテルに宿を取ったのだった。

それが松阪の町だった。それから二十数年後、ちょうど去年の今頃、宮川をカヤックで下るためにもう一度その町に泊まることになるなんて、そのときは思いもしなかったけれど（宮川は直接には松阪を経由する川ではないのだが、その近くを流れている）。

その宮川を下ったときも、下るにつれて、つまり海に近づくにつれて地形と共に何だか心までどんどん開かれてゆくような、そしてそれでもまだ隠国の気配を漂わせて開放しきるというときなど決して来ないような、奇妙な緊張を感じていたのだった。

そして今回とうとう紀伊半島を西側からぐるりと回り込むようにして（熊野古道で言う大辺路《おおへち》に沿って）その先端、つまり本州最南端に行き着いた。海岸線に沿って車を走らせる。山の際と海辺が迫っていて、海岸性の植物たちはまた南国めいた空気を感じさせた。黒潮のせいだろう。黒潮の運ぶ温もりを孕んだ潮風の。どこの国でも南方に向かって開かれた海辺、には不思議な慕わしさと懐かしさがある。森には海から吹く風で、巨大な指で梳き上げたような跡がある。少し大きな町に入る。明らかに防風林と思しき木列があり、古い家々の軒は低い。やはり風が激しいのだろう。

駐車場に車を駐め、浜辺へ向かう。がっしりとしたつくりのナガバギシギシの群落に足を止め、種子を確認。日本産のギシギシと種子の形状が少し違う。けれどこれも立派なギシギシだ。いくつかの料理の手順が頭に浮かぶ。ナガバギシギシは海外の野草料理愛好者の間でも人気の植物だ。葉はもちろんのこと種子まで使う。私はギシギシの若い芽をジュンサイのように使うが、それは彼らの考えるメニューにはないようで（食感が微妙に西洋のものではないのだろう）、その若い芽のぬめりを生かす、ということを試みた例は西洋ではないのではないだろうか。パリッとかバリッとか、crispy な食感は好まれても、羊羹の類のネチャネチャ歯にくっつきそうなものはあまり好まれない。rice だって、サラダのようにさらさらに仕上げるか、プディングとしてどろどろにしてしまうか。日本のお米のように適度に湿気を孕んでねっとりくっつきあっている、という炊き方はしない。昔彼の地で日本の米の炊き方について、「一粒一粒が立っていて」という表現をしたら、こちらが戸惑うほどに面白がられたことがある。私も若くて不器用に直訳して、stand up という言葉を使ったのだ。何か違うと思ったけれど。今なら、「一粒一粒がくっついてはいても一体化せず、それぞれクリアーに見えて」などと言うだろう。湿度の高い地にあるだけに、湿り気を含んだ物のあり方について、日本人の感性は研ぎ澄まされてきたのかも知れない。今日も曇りがちで湿度のある日だ。

今晩泊まる場所はいわゆるバンガローのようなところなので、採取して料理しようと思えばできるだろう。が、自分の台所ではないので設備もどれだけの手間が掛けられるかも分からないのでそれは断念する。最近、旅の途中で目的以外のことに予定外のエネルギーをかけることを用心しなければならなくなった。打ち寄せる波。

白い珊瑚状のものを拾う。てっきり珊瑚だと思っていたが、握りしめると手の中でぼろぼろと崩れる。海草の一種なのだろう。その造形に見とれる。波に濡れた小石は美しい。白や緑や赤に黒。マーブル模様のものや、まるで絵のように模様の入っているものもある。海岸でそういう石を見つけて、その絵に物語を読み込むのが好きで、各地の海岸で拾ってきた、そういう「物語付き」の石が今でも自宅に残っている。

ぼんやりしていると、いっしょに川下りをしてくれるTさんとEさんが同じ駐車場に着く。

そこからそれぞれの車で古座川の上流に移動する。古座川の河口から上流に向けて川沿いを移動するのだが車窓からちらちら見えるその水の、透明なこと。

車を停めた河原の一帯は一枚岩と呼ばれる場所で、横幅五百メートル、見上げる高さ百メートル、文字通り切れ目のない「一枚」としてそそり立つ黒雲母流紋岩を対岸いっぱいに望む、その圧倒的な存在感が迫ってくる。火山性の岩のせいか色は黒っぽい赤銅色で、その暗い岩肌のあちこちに白い花が咲いていて、それがとてもよく映える。けれど十倍の双眼鏡で目を凝らしても細部まではよく分からない。かなりの範囲で咲き誇っていたので、あの岩肌に適応していたのだろう。雰囲気としてはウスユキソウの仲間を思わせたが、あそこまで大ぶりなものは日本にはない。その日それからあちこちにシャガが咲いているのを見たのであるいは遠目から見たシャガだったのかもしれない。

遠く近く、カジカガエルの声が響き渡る。

つーっと水面をカヤックで滑ると川底の石がローマ時代の浴場のタイルのように色鮮やかに迫って透明度がいやがうえでも際立って見える。山々の緑は、あれはシロタモだろうか、様々な新緑の鮮やかさの中で、あちこちに白っぽいベージュの、白金に輝く芽吹きが目を引く。山笑う、という形容がぴったりの、もくもくしたイメージ。羊の群れのようですね、とこれはEさんの比喩。

新緑の山の香りが、川筋に流れ込んでいるのが分かる。芽吹くときの峻烈な香り。甘い花の香り。クスノキ科のあの気だるく、自身のエネルギーの横溢に倦んだような香り。

Tさんが川の水に手を突っ込んで、甘い感じがする、と言う。奥琵琶湖の方ではまだしびれるみたいに冷たいですよ。あそこは雪解け水が流れ込んでくるから。そうかも。ここはすぐその先を黒潮が流れているわけだから。でも、甘い？　触った手が味覚を覚えるなんて面白い、と思う。

漕いでいると辺りに人の顔や矢じりのような形の凝灰岩や山が目に付く。奇岩、と言われるものなのだろう。トビやカラ類の声が響く。中国の山水画を思わせるような景色の中に自分がいる、そのことが不思議だ。この一瞬を額縁で切り取って掛け軸仕立てにし（カヤックを小舟に、帽子をスゲ笠に替えたりなどして）床の間に掛けることをふと思う。

町中の家に、山河の気配が流れてくることを楽しんで軸を掛ける。床の間というしつらえが考案されたのは鎌倉時代だったか、長い年月その様式が廃れずに残ってきたのは、その昔封建的な日常を倦まず弛《ゆる》まず続けるため、異空間へのアクセスの必要があったからなのかも知れない。インドアとアウトドア。閉じること開くこと。その循環。

自然界のそのように、人の精神にもまた風の通り道が必要なのだろう。

今にも雨が降りそうな空模様（実際後では降ってきた）。湿気がだんだん重くなり空中ところどころ水として浸み出して小さな雨粒になり時折頬に当たる。岩の色、石の色が濡れた筆で一刷《ひとは》きしたようにしっとりと陰影深い。いかにもローレライがその上に座っていそうな、なめらかな大きな岩のテーブルがいくつか、流れの先々に現れてくる。申し合わせたようにそれぞれのテーブルには鮮やかな黄色のマンネングサの花がリボン状に這っている。星団のように群れ咲く小さな花は皆満開、祭壇の上で美しくセッティングされている。

左手には急峻な崖が続く。暗褐色の凝灰岩はあるところでは髑髏《どくろ》のようであり、またあるところでは蜂の巣状に穿たれてあった。奇岩城、という言葉を思い出す（これはタフォニと呼ばれる現象で、凝灰岩内部で結晶化した塩分が成長してゆく過程で岩石組織が破壊されて出来る）。凝灰岩は火山灰由来の岩石なので、比較的柔らかいのだろう。集団営巣している鳥の巣のようにも見える。遊園地のアトラクションでありそうな不気味な雰囲気。石や岩たちのあまりの異形ぶりに、あれは地獄からの使者、こっちは鸚鵡《おうむ》で……とひとしきり「〇〇に見える」の見立てで賑わう。

ざっと数十メートルはありそうな藤蔓の緞帳が現れる。だらんと下までぶら下がった太い蔓を見て、こういうのを見ると登りたくなるなあ、とTさんが呟く。周りからどうぞどうぞと勧められ、よしっとばかり、パドルをEさんに渡し、カヌーに入ったまま両手で藤蔓をよじ登り始める。目を丸くして見ていると、やがてカヌーの船底が水面から空中へ浮上してくる。すごいなあ、と称賛を浴びつつTさん再び水上に落下。

それにしても見事な藤の垂れ幕だ。満開の藤の花房は時折その花を水面に散らす。あ、そこにコイがいますよ、とEさんの声。白いコイだ。曇った空の暗さを昏さに映しかえたような淵の底に、コイの形の白がゆらゆらと動いている。その上に藤の花が散っている。白いコイなんて。これはどこかで飼っていたものが川の氾濫か何かで逃げてきたのでしょうか。いや、野生のものでしょう、とこの川に詳しいEさんが答える。じゃあアルビノだろうかと覗き込むが目が赤っぽいとかいうようなことはないようだ。

漕いでいく前方の浅瀬に、アオサギの若鳥が佇んで魚を狙っている。アオサギは歳をとって貫禄が出てくるほどに、彫像のように動かない時間を長くすることが出来るように思う。ゴイサギやササゴイのような風情が出てくるのだ（そういう視点から見るとゴイサギやササゴイは生まれながらにして老人っぽいのかも知れない）。

このアオサギはまだ落ち着きなくあちらこちらを突いて歩き回ったりしていた。私たちが近づくのにも無頓着なように見えたが、あと十メートル程か、という間合いになるとさっと下方へ向かって飛んで行く。川は蛇行しているので、彼が飛んでいった先は分からないのだが、そのうちまたアオサギが現れ、近づくと飛んで行く、ということを数回繰り返していた。私は辺りの風景に気を取られていたので気づかなかったが、あれは全部同じアオサギですね、とEさんに言われ、ああ、そうか、と思い至った。アオサギは別に彼だけではなく、上空を低く上流の方へ飛んで行く数羽のそれもあったし、ときどきそれにダイサギの混じったグループもあった。しかしこのアオサギだけは、ずっと等間隔で伴走するように私たちの動きに合わせて移動していたのだ。若くて、好奇心があるのだろう。でも、あんまり近づいてこられるのも怖いのだろう。

若い個体らしい、世界がどうなっているのかを知りたい欲求は種を超えたものだ。

本能的なものでもあるのだろう。彼のこれから始まる長い「世界との付き合い」の中で、その学習は命に関わる必須のことでもあるから。歳をとるとまずその欲求がなくなる。「世界がどうなっているか知ること」はそれほど大した意味は持たなくなる。そしてそういう欲求がなくなるということはそのまま「世界の一部として朽ちてゆく」準備のひとつにもなるのだろう。生体としての段階が一段階先に進んだという、それだけのこと。嘆くには当たらない。いつか自分にそういうときがきたら、何かから解放され自由になったような気さえするのではないかと想像する。

古座川の水もきれいだけれど、そこに流れ込む小川《こかわ》はもっときれいですよ。古座川沿いにぽつんと建っていたレストランでそう教えられ、またEさんにも、是非と勧められ、古座川から一旦上がった私たちは小川の川沿いの山道を上流へ向かった。対向車が来たらすれ違うのは難しいだろう。どちらかが延々バックを続けるしかない、そういう狭い、山肌をひっかいたようにくっついている古道。左手は山。羊歯の仲間のウラジロがしゅんしゅんと新芽を吹いている。あちこちから湧き水が流れている。右手は小川を見下ろす断崖。その対岸の山にも見事に密集した藤の花房が、クリスマスツリーの装飾のように（七夕、と言うべきか）杉のてっぺんからかかっている。そしてその下には、遠目にも川底の石までクリアーに見える透徹した流れが趨《はし》っている。あまりの美しさに車を停めて覗き込む。三十センチほどの魚が群れになってどこまでも上流を目指している。まるで大名行列のように、けれどしずしずとしずしずと優雅に泳いで行く。時折、大岩をよける個体の腹がぎらっと銀色に光る。まるで刀剣のようだ。宮沢賢治の「やまなし」でそういう表現があったけれど、本当にぎらっと光るんだ。思わず呟く。遠目からは何という魚か分からなかったが、Eさんはウグイではないかと言う。

河原にアクセスのいい場所に車を停め、カヤックを運ぶ。対岸の五月の木々の緑が淵の上を覆うようにして、雨模様の暗さに深みを与えている。その上方は更に生い茂った木々で、道などどこにもないようなのに、剝き出しになった高い岩壁の向こうに明らかに祠のような物が見える。ということはどこかに道があるのだろう。そのまま川の中に続くような古い墓石のような石段もある。しかしそれは石段ではなかった。あまりの透明度に空中に浮かんでいるような錯覚を起こす。対岸からはどう見ても川に続く崩れかけた古い石段にしか見えなかったのだが、漕ぎ出して川を横切り近づくと、自然石であることが分かる。上流であるので大きな岩が多い。湿った、濡れた、岩のにおい。苔のにおい。この田植え直前の時期、生命力あふれた五月のもの憂さの醸し出す濃密な湿度の故もあったかもしれない。そして、この今にも雨になりそうな天気。濡れた岩のにおい、というものがこんなに自分の感官に訴えてくるものだったということを、遠い昔のどこかで知っていたような、前世だか子ども時代だかそれとも日本人のDNAに組み込まれてある記憶なのだか、深く息を吸い込んでそのことを細胞で味わうように確認する。

数人の子どもたちが騒いでいるような声が山の上の方でしている。最初は気にならなかったのだが、辺りがあまりに静かなので、あれは何だろう、とふと疑問に思う。子どもの遊んでいる声にしてはちょっとおかしい、と考えていると、Tさんが、あれ、サルの声ですねえ、と言う。ああ、サル。なるほど、と頷く。視線を水面下に移す。透き通っているのだが、緑を映しているせいか濃い翡翠色、淡い翡翠色、と数メートルある川の深さに応じて（二メートル半弱のパドルの長さより深かった）色合いが違う。が、底にある砂や小石の様子まではっきりクリアーに見て取れる。

ほの暗くも透き通った緑の、美しい淵になっているところにカヤックを進めると、何だか異空間にすっぽりと入っていくようでくらくらとする。急に背筋がゾッとして鳥肌立つ。ここ、変な感じがする、と声を掛け、交替のようにTさんにも入ってもらう。ああ、本当ですねえ。ねえ。私は心の中で、何かいますよ、きっと、と呟いたが声には出さなかった。本能的な怖れがそうさせたのだったか。口に出して何人かに意識された瞬間、動いてしまう、魔的なもの。皮膚一枚ぎりぎりで保つ彼我の境。

緑滴り、淵満たす水鏡。

隠国の水 2

熊野川の上流、北山川は、瀞峡《とろきょう》をメインに観光するウォータージェット船が行き来しているので、うるさいし、それがつくる波もカヤックには厄介、と聞いていたので、なんとかその通行時間は避けたいと思っていたのだが、結局避けきれなかった。けっこう朝の早い時間から営業していたのである。

けれどそこへ行き着くまでの間、険しい山間《やまあい》を縫うようにつけられた杣道《そまみち》や深い峡谷を覗き込むようにして小一時間走った、その深々とした早朝の山の気配がしみじみ慕わしくて、自分の中に読み込んでゆくことに夢中になっていた。

瀞峡、という字面だけ見ていると、何だかおどろおどろしい気がするが、更によく見るとさんずいに静か、と書く、つまり、水がゆったりとしている場所のことなのである。その辺りがことさらに深くなっているせいもあるだろう。両側が断崖絶壁、九州の高千穂峡の写真をイメージすると近いものがある。

河原はウォータージェット船の中継点だったのか、船を下りて集合写真を撮っている人々の横を、それぞれカヤックを持ったりパドルを持ったりして漕ぎ出すのに適当なところまで運ぶ。ちょっとだけ上流へ向かって漕ぐ。すぐにジェット船がやってくる。ほら、波が来る。言われていたとおり、きちんと波に向かって直角に舳先を向ける。思いっきり、どん、ぶら、こ、という感じでカヤックが上下する。こんな感じ、なのだな、とそのときは何とかなるかもという思いもあったが、これがあれほど次から次へやってこられるとは思わなかった。危ない思いもしなかったし、Tさんに至っては明らかに波乗りを楽しんでいたし、この行程のしまいには私も、何だ、今度の波は大したことなかったな、と生意気に思うようにもなったが、それでもこのエンジン音のうるささが静寂を台無しにしていたことは否めない。カヤックはやはり、オイルで水を汚すこともないし、モーターの音も立てない、昔ながらの良い乗り物だと改めて思う。

ジェット船が来ないときは本当に静かだ。

断崖に囲まれているので、音響効果が素晴らしく、鳥の声がトレモロをつけたように美しく長く響く。人の声も同じで、小さな声でも、離れた場所のカヤックにまで声が届く。

高校時代、茶道部の部室も兼ねていた和室に、「幽峡」と書かれた額があった。その部屋を掃除当番として担当することがあって、掃除もそっちのけでその字に見とれた。その字の向こうに霧のかかる山河があった。用事もないのにその部屋に入って飽かず見つめ続けたこともある（当時、同じように夢中になったのが奈良の中宮寺の半跏思惟像。夏休み、奈良に行き、座り込んで数時間見つめ続けていた思い出もある）。今はそこまでの狂熱はないが、それでもこういう「境にあるもの」の魔力に「やられる感じ」には覚えがある。

その渓谷、瀞峡は、私のイメージにあった「幽峡」そのものだった。もし、ウォータージェット船さえなかりせば（ウォータージェット船の客は、ああ、もしこのカヤックさえなければ深山幽谷そのままの景色なのに、と悔しく思っていたかも知れない。お互い様だ、とすれ違いざま、手を振る客ににっこり笑って手を振り返したり）。

断崖の上の方にはヤマシャクナゲの﨟長《ろうた》けたピンクが満開。下流はもっと水が澄んできますよ。上流はダムのせいで水が濁っているんです。水が濁っているとは思わなかったが、そうEさんに説明されると、なるほど、と思う。

ダムのなかった頃の瀞峡、ちょうどこの辺りのことを、新宮出身の作家、佐藤春夫が書いている。

「……普通の曳舟で遡行すれば新宮から一日半を要するが、現今では或る荷上人足の思ひつきになつたプロペラ船の便によつて四時間ほどで到着することが出来る。忽然として別天地が展け、川水は流れることを休止して一つの深潭を成し、両岸には屹立した高さ数丈の巨巌が一面に連なり、川幅は約五、六〇米、水は飽く迄も清麗で大玻璃板に封じられた如き水底の岩石や魚影や一々指さすことが出来る。高潔にして些の俗塵をも含まぬ。このやうな境地がその名の如く約八丁の間である。折ふしに川上から来た長い筏の動くも見えず漂ふのも亦、原始的な興趣を妨げない。杉や檜の多い新緑の候には、巨巌の処々を躑躅花が彩る。もし又、更に瀬を一つ上れば上瀞があつて、景は一段と奇だと謂はれてゐる。」

――『日本地理大系7近畿篇』

ヤマツツジが岩山のあちこちを彩っているのは当時と同じだ。が、昭和の初めにはすでにプロペラ船が走っていたとは。それはモーターボートのような物だろうか。だとしたら騒音はウォータージェット船とあまり変わらないだろう。便利と風雅は両立しにくい。だが水の美しさはダムのない当時の方が勝っているようだ。数十メートル下の川底が透けて見えるというのだから。それがどんな感じなのかは、古座川の支流、小川のときの体験で、何となく分かる。ぞくぞくする。更に佐藤春夫の、瀞峡に関するまた別の文章。

「瀞八丁は、山水の姿を太古そのままに現代に伝えている。他に類を見ない清潔な風景である。山肌を深く削り刻んだ渓谷の底を流れる水は、今迄の奔放な激しい行動を反省し沈思するかの様に静かに鏡の面の様にとろんでいる。深さ何十メートルかを知らぬ水底に遊ぶ魚も手にとるばかりに透いて見える程に、水はあくまでも清く澄んで水中の魚はまるで草入水晶の草である。あまりにも落ち着いた魚を驚かせてやろうと舟ばたから小石を沈めてみると、水中にゆらめき落ちた石が底の岩に当ったひびきが、しばらくの後に聞かれる程あたりはひっそりとしている。山の小鳥の歌のほかは物音もなく夢のように静かな世界である。両岸のつつじ花が眼を楽しませるころ、山の宿の夜明に、ほととぎすを聞く季節がここより吹き起るかと思った事であった。」

――「とろ八丁の記」

和船の乗船所にもなっている広い河原にカヤックを乗り上げ、休憩していると、すぐ後ろの藪で、ケッキョ…ケッ…ケッケッケキョ…ケキョ…という声がする。あまりにも一生懸命それを繰り返しているので、吹き出したくなったり感心したり。練習してるんですねえ。ウグイスの谷渡り。でも、この調子でいつ上達することやら。そう思っていると、突然、ホーホケキョ！　と大音量できっぱり、声音まで違う見事な一喝。まるで、この部分だったらほれこの通り、習得済みでうまくできるんだ、と言わんばかり。それからまた自信のない声で、ケキョ、ケ、ケ、キョ……。

なるほどその本性にあることだからと言って、最初からうまいわけではないのだ。巣立ちの頃の鳥のヒナは怖がりながら飛ぶ練習をする。鳥なんだから飛べるもの、体の構造がそのように出来ているのだからと思ってしまいがちだが、ビギナーの頃、というのは誰にでもあるものなんだ、と改めて思う。が、猫がいくら飛ぶ練習をしたって飛べるようになるわけでなし。また、飛ぶ練習をしている猫も見たことがない。ということは、そもそも練習をしたくなる、飛びたくなる、ということからすでに素質がある、ということなのだろう。

瀞場を過ぎると、水が音を立てて飛沫を上げ、白く迸《ほとばし》る瀬が多くなる。おっとっと、と私はけっこう緊張しているのに、Eさんは私の前に回り込んでバックで瀬を渡りながら、こちらの表情を写真に撮ろうとする。四級の瀬もクリアーする彼にとっては、こんなものは子どもがバシャバシャ水たまりを渡るぐらいの感じなのだろうなあ、とその笑顔を見ながら思う。

瀞場の辺りでは山々がすぐそこまで迫ってきて、サルが断崖の上を走っていったほどだったのに、みるみるうちに河原があちこちに出てきて山々は後方に退き、悠揚《ゆうよう》迫らざる風景の中を川は次第に大河の威厳と落ち着きを見せてくる。開けてゆく、その開放感がこのまま海まで続いてゆくのだろう。

山間の上流からスタートしたときは狭かった空が、大きく開けてくる。ゆっくり流れる雲の影が山の方からこちらに移動し、やがて去ってゆく。けれどまだ、人工物はほとんど見えない。いつまでもこういう景色が続くわけはないだろうけれど、この雄大さはどうだろう。目を閉じて体と意識の位相を少しずらして、漂っている気配を呼び込む。

大都市や町や村を貫いて走る国道が国土の大動脈なら杣道は毛細血管。次第に大きな道に収斂してゆく。流れる川も血液。老廃物を吸収ししかるべき手順を経て浄化してゆく、大河は大静脈。山肌にしみ込み湧き出で、森の木々の間を走り抜ける清冽《せいれつ》な流れは毛細血管。私の皮膚は呼吸をし、木々の葉は蒸散作用を行い、土も水蒸気をぼやぼやと出し、雲をつくり雨を呼び、風を呼び、皮膚が細かな水の粒子を受ける。重なり合い影響を受け循環を助ける数限りない諸々の作用、それを感じる生体であることの歓び。

長い時間を一つの川を下ることに費やすと、何となくその川の性質のようなものが分かる。ダムを含む河川管理の問題や周辺の森林環境等、その抱える問題も憂いも。距離的にはさほど変わらないのに古座川と熊野川では性質が全然違う。けれどももっと大きな「縮尺」で見れば、やはり紀州の川、ということで括られる共通項のようなものがある。個人が、親兄弟、一族、地域社会、国、等で括られてゆくように、異なる個性も共通の特性もある。

部分が全体を繋ぐこと。自分の生きている世界を、部分を、注意深く見つめること。自分がやがて還ってゆく世界を慈しむこと。

この、自分がそういう循環の一部であることをどれだけ心の深いレベルで納得できるか、ということがここしばらくの最大関心事の一つだった。循環してゆく森羅万象に、この意識も、還元されてゆくときがいつかくる。頭では分かることと、それが存在全体で納得できることは、大きな違いがある。何も怖れることはないのだ。それは諦めと同時に限りない安らぎになる。解放になる。必ず、そうなる。そういうことが理屈ではなく感得できる瞬間が、晴天から落ちてくる一片の雪びらのように、私を訪れるようになった。

もうジェット船は来ない。また別のウグイスが鳴いている。山がずいぶん後ろに退いているので、はっとするような臨場感はないけれど、遠くからよく響く。この辺りのウグイスは、すでに鳴き方をマスターしているようだ。谷渡りも自然で、周囲に溶け込んでいる。耳障りなところもなく、ウグイスはこう鳴くべし、と悟りきったような落ち着き。

けれど少し寂しい。

一羽で、ただただじっとしていること

サンカノゴイというのは大型のサギの一種で、図鑑で見るその姿は何だか不気味で あまり惹きつけられた記憶はないのだが、『森の生活』で有名なソローの、川にまつわる文章を集めたものの中にサンカノゴイに関する著述があって、それがとても魅力的だったので、いつか見たい鳥の一つになっていた。

この鳥は危機的な状況になると、杭のふりをする。普段は短くコンパクトにしている首を、嘴《くちばし》、首、胴体まで下顎（というようなものがあるとして、その部分）から一直線になるように伸ばすのだ。ソローがボートに乗っているとき、同乗の友人が前方斜めに突き出ている杭を指して、あれがサンカノゴイかどうか双眼鏡でチェックするように言った。まさかと思いつつ双眼鏡を覗くと果たしてそれはサンカノゴイ。そこでソローは我慢比べのようにその杭を見つめ続ける。十五分後、杭は遂に音《ね》を上げてサンカノゴイに戻り、飛んでいった。

この、十五分間杭の振りをし続けるという辛抱強さは見上げたものだ。一羽でただただじっとしていること、それがサンカノゴイの本能なのだとソローは言う。

サンカノゴイはB湖の周囲の葦原にもいるはずだった。記録も残っているが、葦原の開発が進み、その面積が急激に縮小するにつれ、当然のことながら目撃例も激減する。北海道の美々川周辺でも昭和の初め、サンカノゴイの鳴き声がうるさくて（声が牛に似ているというのでヤチベコと呼ばれていたという）夜も眠れない程だったというが、今では絶滅危惧種だ。

仕事場に泊まった日の早朝。靄《もや》のかかった湖の浅瀬に、アオサギが一羽、道標のように立っている。アオサギは杭になったりはしないが、ときどき彫像にはなる。嘴はまっすぐ水平に上げているので、足下の魚を狙っているようには見えず、なんだか神話めいた象徴性を漂わせている。この鳥ほど、一羽でいるときと群れでいるときの印象の違う鳥も少ないように思う。

アオサギはどうやらあちこちで増えているらしい。網走でも熊野でもどこででも見る。サンカノゴイとはどこか決定的な違いがあるのだろう。猟の能力だろうか。環境への適応力があるということは、ものに拘らない逞《たくま》しさと粗野でラフな無神経さがあるのだろう。ストレスに弱い種は淘汰されていく。そういう繊細な種が心優しく善良という見方も擬人化が過ぎてうんざりするが、結局は凶暴な方が、そしてより抜け目のない特性がこの世の春を謳歌してゆく、そういう仕組みからは逃げ出せない。そういう仕組みごとの変容は不可能なのだろうか。

淡々と考えているつもりだけれどもどうしても陰々滅々とした気分になってゆく。最近何を考えても最後にはこういう場所に行き着いてしまう。瞬間的な悲憤慷慨ではない。何か細くて見えにくい、長い長い釣り糸に次第にがんじがらめになっていくような、そんな不気味な逼塞感。何を書いても明るい未来の見通しが出てこない。けれどそもそも単純に明るい見通しなんか、安っぽい新興宗教じゃあるまいし信用出来るものか、ああ、何とか道はないものかと、考えてときどきハッと気づくと、周りがしんと静かで、本当に一人だということに気づく。

夏の水辺。

夏休みの空気が漂っている。開放感と、紫外線の眩しさと、それが一瞬で不気味さに転ずるような、目に見えぬ「魔」の跳梁跋扈《ちょうりょうばっこ》を感じる一抹の不安感。ヨシキリやオオヨシキリたちの葦原での鳴き声には、真夏のミンミンゼミやクマゼミたちのような物狂おしさがある。とても「小鳥のさえずり」というような雰囲気ではない。どこかが壊れている、そういう桁外れのエネルギーが、水辺の奥深く潜む生命力の現れの一つだ。

仕事場から湖岸に沿って、小一時間程移動したところに、湖に注ぐ河口でも幅十メートルあるかないかの川と、そこから少し遡る、小さな池のある場所がある。正確には池ではなく、その昔蛇行していた川が小さな三日月湖のような跡を残しつつ、本流が端にずれていった、いうならば『星の王子さま』の「象を呑み込んだ大蛇」のような形。その辺りは集落や観光地からも離れていて、普段は農作業の軽トラックがときどき近くを通るだけ、人影もない。

あるときその川に架かる橋の上を車で走っていて、偶然顔の白い水鳥がつがいで上流の方からやってくるのを見つけた。急ブレーキをかけるわけにもいかず、通り過ぎた後、頭の中でその残像を吟味する。カリガネ？　まさか。カリガネは冬鳥だ。もっと小さかったし、体は黒かった。でも、顔の中央がオペラ座の怪人のマスクのように白かった。人間で言ったら口元から鼻筋まで覆っている、いやあの厚み、あれは額板だ。額板の白い鳥で、しかも夏場につがいでいる……そこまで脳が勝手に分類していって、あれはオオバン、と結論づけた。

水面を泳いでいる（浮かんでいる？）バン、を見るのは、どういうわけか初めてだった。バンを初めて見たのは英国の、いわゆる「百町森」の森外れ、そう、『くまのプーさん』で有名なミルンの山荘のあった村の農家の庭先。その庭先は沼地から続いていて、でも、場所が場所だから最初はニワトリかと思ったのだが、その前傾気味の全力疾走の迫力はとてもニワトリのものでなく、図鑑で調べてバンだと分かった。何をあんなに必死で走っていたのだろう。それからも採食中のバンを目撃したことがあるが、彼らが泳げる（浮ける？）鳥だという事をすっかり忘れてしまっていた。全体に比してアンバランスに大きい、がっしりとした足指でノシノシと力強く歩き回り、採食している印象ばかりがある。

その場所が、前述のひと気のない川。オオバンのつがいはこの辺りに巣をもっているらしいが、その巣を是非見たいというストーカーめいた情熱まではないので、ただ偶然お会い出来れば幸せです、という心もちでそれからときどき会いに出掛ける。

長靴に防虫パーカー、双眼鏡を首からぶら下げて、彼らがいそうな場所を、こちらもノシノシ歩き回る。で、同じようにノシノシ歩いている仮面の夫婦を藪の向こうに見つけると、会えた喜びで一瞬息が止まる。バン、クイナの仲間はオオワシやオジロワシのように威風堂々としてもいなければ、カワセミのようにはっとする美しさもない、オナガガモのように優美な姿形でもない。けれどこの、何とも言えない実直な力強さ。見つけると、まるで意中のアイドルタレントに出会ったときのような（たぶん。私の人生にはそんな時期はなかったけれど――今までのところは）喜び。泥臭く力強く地面を踏みしめて歩いていく、バンはいいなあ、と息を潜めるようにして思う。

空が急にかき曇って辺りがすっかり暗くなる。室内にいればきっと、手元の本が読みづらくなる、窓の外の緑が急に濃く黒みがかってすら見える、そして立ち上がって電灯をつける。空雷《からかみなり》がどこかで鳴っている。夏の午後の、こんな感じは好きだ。けれど今は野外にいて、雨支度をしていない。さあ、早く車の所へ帰ってこの雨をやり過ごすべきか。

きっと大雨が来る、と覚悟したが雨は降りそうでなかなか降らなかった。オオバンにも雨が降りそうだから巣に帰っておとなしくしていましょう、という気配はなかったので、そのまま私も双眼鏡を覗いている。オオバンとバンは見分けがつきやすい。オオバンが文字通り大柄ということもあるが、額板が、バンの方は赤いのだ。紅白の色違いはこれ以上分かりやすい印はないと思う程だ。

とうとう雨がぱらついてきた。私はあまり音を立てないようにして岸辺近くのマルバヤナギの下に移動する。背中のバッグから簡易腰掛けを出す。この辺りが気に入ったし、この木は見た目よりも葉の数が多くて雨をしのぐには良かった。道路からもほとんど人目が届かないところも私を落ち着かせた。腰掛けを出して座ったところで、けれど、視界からはオオバンが消えていた。どこかに雨宿りに行ったのだろうか。

私はどうしよう。帰ろうか。けれど水面に降る雨水の感じがとても素敵だ。マルバヤナギのテントに雨水が当たる音も。ときどき雨漏りするテントだけれど。しばらくぼうっとしていて、左側の藪に続くまばらな葦の群落にふと目をやり、え？　と思い、それから改めてもう一度まじまじと見た。葦の一群の向こう側を、腰を低くかがめたサギの仲間が、抜き足、差し足、という感じで歩いている。サギにしては土くさい、保護色のような色。何かの、ゴイサギか何かの幼鳥かしら、とぼんやり思い、それから、あ、サンカノゴイ、と閃《ひらめ》いた。

サンカノゴイ――山家のゴイ。ブルーグレーの濃淡でシックにまとめた都会的なゴイサギに較べると、茶と黒の混じったウズラ色は遥かに地味だ。そっと双眼鏡で覗く。ああ、間違いない。黒い帽子。近づいてくる。動かないようにしようと思ったけれど、双眼鏡のストラップが微かに揺れた。途端にひゅん、と首が伸びたかと思うと全体がわずかに斜めに硬直して、サンカノゴイは「杭」に化けた。

私は自分の幸運が信じられないでいる。誰かいたら、思わず顔を見合わせたところだろうが、一人なので、ただ大きく息を吸い込み、目を見開いたまま、じっとしている。雨が少しずつ、激しくなる。が、どしゃぶり、というほどでもない。杭になったサンカノゴイの真上は、私も雨宿りをしているマルバヤナギの枝がぎりぎり覆っているから、他の場所よりは雨に濡れなくてすむだろう。なんと私たちは、同じ木の下で雨宿りをしているのだ。さあ、彼はどのくらいじっとしている気だろう。

パラパラパラ、と、重なり合う小枝や木の葉の間に落ちる雨の音が、あちらこちらで不規則に響く。彼は杭になったきりだ。何だか痛々しくなる。目をそらす。雨も小降りになる。目の端で、彼の首の後ろの辺りが、もくっと動いた気配がして、すぐに元のサンカノゴイになった、ようだ。私は気づかないふりをして動かない。彼もそのまま動かない。

危機的な状況になったら、とにかくじっとしている。じっとして、時間をやり過ごす。

サンカノゴイはただ自分のやり方を通しているだけなのだが。

誰かが、何かを教えてくれている。それはいつもまちがいのないことだ。思わず無意識に身じろぎをしてしまった。その瞬間、彼の鳥は驚く程大きな羽ばたきをして飛び立った。ああ、その手があったのか、と見上げながら、私は思わぬ場所にあった扉を開けられたような思い。

帰りの車で、ふと湖の方へ目をやると、大きな虹が架かっていた。できあがったばかりの、夏の早朝に咲いた朝顔のような鮮やかさと儚さ。大昔からそこにあったようなふうをして。

雨はまだ、完全には止んでいないのに空は明るく、雲間から日が射してきている。

引用文献

『アイヌ神謡集』（知里幸惠、岩波文庫）
『ウォーターランド』（グレアム・スウィフト／真野泰訳、新潮社クレスト・ブックス）
『アラスカ　光と風』（星野道夫、福音館日曜日文庫）
『スコットランドの民話と伝奇物語』（ジョージ・ダグラス／松村武雄訳、現代思潮社古典文庫）
『たのしい川べ』（ケネス・グレーアム／石井桃子訳、岩波書店）＊読みやすさを考え、適宜漢字を補いました。
『わたしたちの島で』（アストリッド・リンドグレーン／尾崎義訳、岩波書店）
『河野裕子歌集　歩く』（青磁社）
『日本地理大系7　近畿篇』（改造社）
「とろ八丁の記」（『定本　佐藤春夫全集』第34巻、臨川書店、所収）

本書は二〇〇六年十一月、筑摩書房より刊行されました。

文庫版あとがき

文庫化のために、久しぶりで本書に目を通した。

今現在私はほとんど完全に東京に居を移した形になっており、B湖のほとりでの、カヤックのある日常が遠のいてしまっている。それでもできるだけ空や水辺に近くありたい、野生の動植物に接していたいと思うことは以前と変わらない。

野山を歩いていても思うのだが、より速度を落として歩いた方が、世界の「厚み」を実感できる気がする。落ち葉の陰に隠れたうつくしい茸を見つけたり、生みつけられたばかりのカマキリの卵を発見したり、図鑑でしか見たことがなかった植物に出会えたり。そういうことは、急ぎ足では見落としがちになる。自転車でもだめだ。いわんや車をや。主体の移動速度が増せば増すほど、その主体にとっての世界は厚みを失う。ときにその場に立ち止まり、じっと五感をめぐらし、そのめぐらした関係性の構造のようなものがグジャグジャにならないよう、ゆっくりした動きでその場から歩を進める。傍から見れば、くつろぎの極致のように見えるだろうが、実はけっこう内的な緊張度は高いのだ――単にうれしくて気分が昂揚しているだけかもしれないが。

私が好きなカヤックもそういうものだ（もちろんそうでないスポーツ的なカヤックの方が王道なのだろうが、私には向いていないし、そもそも能力がついていかない）。

本書にも登場する「編集のKさん」に、文庫化のためにもう一度目を通して訂正箇所があればチェックするよう、だいぶ前から言われていたが、実はあまり気が進まなかった。何かを封印している感覚がずっとあったのだろう。

読みながら、世界がダイレクトに自分の感覚野に入ってくる、あの鮮やかさが甦ってきた。何が何でも、もう一度水の上に浮かびたい、という思いが湧き上がり、ああ、今まで読み返す気が起こらなかったのは、日常生活でのエネルギーをきちんと他の仕事に回そうとする理性が私を引きとめていたのだ、と悟った。

すっかりまたカヤック熱が戻って来てしまった。

二〇一〇年八月三一日

梨木香歩

解説　気配を感じること

酒井秀夫

本書の前に書かれたエッセイ『ぐるりのこと』の終わりほうで、梨木さんは、「私はmarshという言葉が好きだ。陸地と河川を分ける境界にある、湿原、沼地のようなところ」と宣言されている。そして、「marshという言葉の周囲に立ち上がる、水気を帯びた空気や丈高い草々、生活する鳥や獣たち、そして昆虫、そういった多様ないくつもの生命が、一斉に風に吹かれていく感じ、そういうものだけははっきりとした気配を伴って私の脳裏をよぎるのだ。言葉というものは本当に不思議だ。口にしただけで何かの霊が降りてくる、魔力を持っている、と、昔の人が考えたのも無理はない」と、本書がいつか編まれることを待ち遠しくさせていた。

『水辺にて』は、陸上から見た水辺ではなく、どちらかというと水上から見た水辺であり、ありふれた日常の中の非日常である。梨木さんはいつも、私たちの気づかない、気づいていないことを、私たちが失った視点で、あるいはまったく独自の視点や発想で考察され、言葉を選りすぐって紡がれ、鋭く指摘される。作品のタイトルも、唯一これしかないタイトルをつけて作品群を構成しておられる（『沼地のある森をぬけて』や『春になったら苺を摘みに』など）。読み終わってから、そのタイトルからもじわじわと作品の感動が湧いてくることが多いのだが、今回は最初から私たちを水辺にひきずりこんでゆく。

カヤックは腰から下は水面の下。目線は両棲類とまではいかなくてもほどよく低く、進むたびに景色の方から近づいてくる。水辺に寄り添ったり、離れたり、流れたり、その移動の塩梅はカヌーイストに委ねられる。浮べてしまえば陸からはもう追いかけられない。漕ぎながら、現実と思考の行き来もまた自在である。徹底して独りぼっち（『裏庭』）になりきることもできる。豊穣な自然と、底辺にある感覚を感じ…、水辺の魅力に奥行きを感じる…。水辺は、限りない「無」を感じさせる（「ウォーターランド　タフネスについて1」）。梨木さんにとって、真実は一つじゃなく、幾つも幾つもあり（『裏庭』）、確実なものなんて存在しない。けれど、確実なものの気配は、その向こうに、確かに感じられる。それは、「感じられる」ものであって、必ずしもことばを必要としない（『ぐるりのこと』）。水面は雲や空、木々など外界のすべてのものを映すし、反射で映すことも拒む。水面には不思議な魔力があって…、陽炎が一番立ちやすい場所であり…、幻だって出すことがある（『裏庭』）。

人類は闇夜を克服した。代償として生物として失ってしまったものもあるにちがいない。ものと心を通わすこともできなくなった（『家守綺譚』、『りかさん』）。林業で毎日山に通われる方からうかがった話であるが、通うことによってはじめて、光線の質や照射角度、時刻、気象条件がシンクロしたときに、山が一瞬すべてを見せてくれることがあるという。それは動物たちにはふだん見えていて私たちには見えていないことなのかもしれない。

梨木さんは夜を恐れる。明るいうちに宿に着こうとする。学生のときにロッホ・ローモンドを訪ね、湖面を目指して歩いていくと夕暮れが迫り、崖の上のマナーハウスで夜会が行われていた。数十年後、再訪したが、その石造りの建物が見つからない。スコットランドは妖精の宝庫、妖精たちは旅人にときとして芝居がかったいたずらをする。妖精の世界の「内側の人」になりたいという心の蔵にある憧れを来る前から知っていた妖精たちに、梨木さん、歓待されたのだ。内側の人にはなり得なくても、内側の世界の饗宴を垣間見せてくれた（「ウォーターランド　タフネスについて2」）。

「川の匂い　森の音」では、筆者が勤務する北海道富良野の大学演習林のことが描かれている。まったくの初対面であった梨木さんを案内した、あの秋の日のことなど紹介したい。

梨木さんは、トレッキングシューズに防水スパッツを巻いた完全装備で事務所に現われた。ジープで事務所から林内に向かうまでの道中、トロントの北に広がるアルゴンキン自然公園でのご体験などとともに印象に残っているのが、「今もし、大学を選ぶなら、絶対農学部を志望すると思います」という開口一番のお言葉である。

大学演習林には、保存林が千五百ヘクタールほど設定されている。林内は、富良野の観光施設や畑から何キロも離れ、人工的な音が聞こえない。近代になるまで、北海道をまだ奇跡的に覆っていた原始の密林の面影を伝えている。そこで梨木さんは森の中をかすかに流れてくる風の方にしばし顔を向けておられた。ほとんどの方は、地上の樹木や草花、運がよければ突然聞こえてくるクマゲラの声などに興味をもたれるが、足元の溶岩流の間を縫って流れる伏流水に関心を持たれたのは梨木さんだけである。

ここで黒曜石の矢じりが発見されたことがある。倒れた老木の根元の上で、雨に洗われて光っていたところを、偶々《たまたま》職員が見つけた。鹿などを追っていた縄文人が回収し忘れ、矢じりは数年で一ミリずつ森林の土壌に埋もれていき、地中で成長してきた樹木の根の上にうまく乗っかり、その木に寿命がきて根倒れするまで待って、数千年の歳月を経て再び光を浴びることができた。偶然がいくつも積み重なって、と片付けられてしまいそうであるが、梨木さんは、矢じりを行きつ戻りつ探しまわった持ち主の執念がまだそこに残っているのを感じとられることであろう。「物語を語りたい。そこに人が存在する、その大地の由来を」(『ぐるりのこと』)。

私事ながら、林道からわずか十メートルくらいしか離れていない通いなれたこの場所で、人を案内しながら迷ってしまったことがある。あるはずのムネアカオオアリに食われた木を見ようとして見つからず、ほんのわずか方向がずれただけで、あっと振り返ったときは背後をトドマツと腰丈ほどのササ原に囲まれていた。時刻は夕方、くもり。山では魔が降りてくる刻である(だから、林業で働く人は、午後三時ころに飴をなめたりして一呼吸おく)。そして、なぜかにわか雨。携帯電話もつながらないし、何しろ方角がわからない。ここで野宿と捜索隊のことなどを覚悟したとき、一瞬だけ一か所雲の中がうす明るくなり、西がわかった。あとは南に向かってやぶ漕ぎをしてほどなく林道に出ることができた。雨も上がっていて、なんだか許されたようであった。O湖畔でのことが痛いように伝わってくる(「水辺の境界線」)。

梨木さんが、その酸素濃度で過呼吸を起こしそうになった湧水のある場所は、森林地帯の奥にある。湧水量は毎秒二百リットル。現在の芝野博文林長らの最近の研究によれば、この湧水は三十年前の雨水だそうである。フッ素の含有量で正確に年代推定できるとのこと。百万年前までは地表を自由気ままに流れていた無数の小さな流れが、大雪山系最南端の火砕流に蓋をされ、伏流水となった。火砕流はガラス質を多く含む溶結凝灰岩となっている。一万ヘクタール規模の地の国から網の目を三十年かけて旅してきた水が噴出している。梨木文学の世界もまた、時間と空間の伏流水のようでもある。水脈は重層し、織物のように繊細で精緻で（『からくりからくさ』）、民族や宗教、時代や遺伝子を超え、アイルランドやイラク、トルコ（『村田エフェンディ滞土録』）、あるいは関西のどこか小都市の裏山の湧き水につながっている。

文中で双眼鏡を取り出すシーンがあるが、目撃したその動作は、小形双眼鏡を手品のように取り出しておられた。遠くのものを近くに引き寄せる光学器械は体の一部となって、瞬時に空中の対象物に近寄れる鳥人になっておられた。

（さかい・ひでお　東京大学大学院農学生命科学研究科教授）

ピスタチオ

梨木香歩

誰かが、物語を必要としている

なにものかに導かれてやってきた、アフリカ。
棚は、すでに動きはじめたこの流れに
のるしかない、と覚悟をきめた……。

待望の最新長編小説

2010年本書と同時刊行

おまじない　西加奈子

さまざまな人生の転機に思い悩む女性たちに、そっと寄り添ってくれる、珠玉の短編集、いよいよ文庫化！　巻末に長濱ねると著者の特別対談を収録。

通天閣　西加奈子

このしょーもない世の中に、救いようのない人生に、ちょっぴり暖かい灯を点す驚きと感動の物語。第24回織田作之助賞大賞受賞作。（津村記久子）

沈黙博物館　小川洋子

「形見じゃ」老婆は言った。死の完結を阻止するために形見が盗まれる。死者が残した断片をめぐるやさしくスリリングな物語。（堀江敏幸）

注文の多い注文書　小川洋子　クラフト・エヴィング商會

バナナフィッシュの耳石、貧乏な叔母さん、小説に隠された〈もの〉をめぐり、二つの才能が火花を散らす。贅沢で不思議な前代未聞の作品集。（平松洋子）

図書館の神様　瀬尾まいこ

赴任した高校で思いがけず文芸部顧問になってしまった清（きよ）。そこでの出会いが、その後の人生を変えてゆく。鮮やかな青春小説。（山本幸久）

僕の明日を照らして　瀬尾まいこ

中2の隼太に新しい父が出来た。優しい父はしかしDVする父でもあった。この家族を失いたくない！　隼太の闘いと成長の日々を描く。（岩宮恵子）

星間商事株式会社社史編纂室　三浦しをん

二九歳「腐女子」川田幸代、社史編纂室所属。恋の行方も友情の行方も五里霧中。仲間と共に「同人誌」を武器に社の秘められた過去に挑む!?（金田淳子）

ラピスラズリ　山尾悠子

言葉の海が紡ぎだす、〈冬眠者〉と人形と、春の目覚めの物語。不世出の幻想小説家が20年の沈黙を破り発表した連作長篇。補筆改訂版。（千野帽子）

聖女伝説　多和田葉子

少女は聖人を産むことなく自身が聖人となれるのか？　著者の代表作にして性と生と聖をめぐる少女小説の傑作がいま蘇る。書き下ろしの外伝を併録。

ピスタチオ　梨木香歩

棚（たな）がアフリカを訪れたのは本当に偶然だったのか。不思議な出来事の連鎖から、水と生命の壮大な物語「ピスタチオ」が生まれる。（管啓次郎）

包帯クラブ　天童荒太
傷ついた少年少女達は、戦わないかたちで自分達の大切なものを守ることにした。生きがたいと感じるすべての人に贈る長篇小説。大幅加筆して文庫化。

つむじ風食堂の夜　吉田篤弘
それは、笑いのこぼれる夜。――食堂は、十字路の角にぽつんとひとつ灯をともしていた。クラフト・エヴィング商會の物語作家による長篇小説。

虹色と幸運　柴崎友香
珠子、かおり、夏美。三〇代になった三人が、人に会い、おしゃべりし、いろいろ思う一年間。移りゆく季節の中で、日常の細部が輝く傑作。（江南亜美子）

変半身《かわりみ》　村田沙耶香
孤島の奇祭「モドリ」の生贄となった同級生を救った陸と花蓮は祭の驚愕の真相を知る。悪夢が極限まで疾走する村田ワールドの真骨頂！（小澤英実）

君は永遠にそいつらより若い　津村記久子
22歳処女。いや「女の童貞」と呼んでほしい――。日常の底に潜むうっすらとした悪意を独特の筆致で描く。第21回太宰治賞受賞作。（松浦理英子）

アレグリアとは仕事はできない　津村記久子
彼女はどうしようもない性悪だった。すぐ休み単純労働をバカにし男性社員に媚を売る。大型コピー機とミノベとの仁義なき戦い！（千野帽子）

さようなら、オレンジ　岩城けい
オーストラリアに流れ着いた難民サリマ。言葉も不自由な彼女が、新しい生活を切り拓いてゆく。第29回太宰治賞受賞・第150回芥川賞候補作。（小野正嗣）

星か獣になる季節　最果タヒ
推しの地下アイドルが殺人容疑で逮捕!? 僕は同級生のイケメン森下と真相を探るが――。歪んだピュアネスが傷だらけで疾走する新世代の青春小説！

とりつくしま　東直子
死んだ人に「とりつくしま係」が言う。モノになってこの世に戻れますよ。妻は夫のカップに弟子は先生の扇子になった。連作短篇集。（大竹昭子）

ポラリスが降り注ぐ夜　李琴峰
多様な性的アイデンティティを持つ女たちが集う二丁目のバー「ポラリス」。国も歴史も超えて思い合う気持ちが繋がる7つの恋の物語。（桜庭一樹）

ちくま文庫

水辺《みずべ》にて　on the water / off the water

二〇一〇年十月　十　日　第一刷発行
二〇二三年二月二十五日　第三刷発行

著　者　梨木香歩（なしき・かほ）
発行者　喜入冬子
発行所　株式会社　筑摩書房
東京都台東区蔵前二―五―三　〒一一一―八七五五
電話番号　〇三―五六八七―二六〇一（代表）
装幀者　安野光雅
印刷所　明和印刷株式会社
製本所　株式会社積信堂

ISBN978-4-480-42772-4　C0195